UBIRAJARA

José de Alencar

Coleção Grandes Mestres da Literatura Brasileira

Coleção Grandes Mestre da Literatura Brasileira
Produção: Carlos Eduardo de S. Kataoka
Diagramação: Hugo Leonardo
Revisão: Maria Zenólia de Almeida
Comentário da obra: Prof. Luiz Augusto de Xavier

Avenida Profª Ida Kolb, 551 - Casa Verde
CEP- 02518-000 - São Paulo - SP
Tel.: (11) 3855-2100
Fax.: (11) 3857-9643
Internet: www.escala.com.br
E-mail: escala@escala.com.br
Caixa Postal: 16.381
CEP- 02599-970 - São Paulo/SP

UBIRAJARA
ISBN: 85-7556-724-1

Distribuição exclusiva para todo o Brasil:
Fernando Chinaglia Distribuidora S/A
Rua Teodoro da Silva, 907 – Grajaú - Rio de Janeiro – RJ - (21) 3879-7766
Números anteriores: (11) 3855-1000

O autor

José Martiniano de Alencar nasceu em 1.º de maio de 1829, em Mecejana, Ceará, filho do padre José Martiniano de Alencar (deputado pela província do Ceará) ele foi o fruto de uma união ilícita e particular do padre com a prima Ana Josefina de Alencar. Quando pequeno, era chamado em família por Cazuza, mais tarde, adulto, ficou conhecido nacionalmente como José de Alencar, um dos maiores escritores românticos do Brasil.

O pai de José de Alencar assumiu o cargo de senador do Rio de Janeiro em 1830, o que obrigou a família a se mudar. Mas após quatro anos a família voltou ao estado natal, pois o pai foi nomeado governador do Ceará. Alguns anos mais tarde, a família voltou ao Rio de Janeiro, desta vez para ficar. O pai assumiu novamente seu cargo de senador e o menino começou a freqüentar a Escola de Instrução Elementar.

Quando um primo passou pela casa de seu pai indo para São Paulo terminar os estudos de Direito, José de Alencar resolveu acompanhá-lo e seguir a mesma carreira. Formou-se em Direito em São Paulo e Olinda. Depois precisou retornar ao Ceará devido à doença do pai. O reencontro com a terra natal faria ressurgir as recordações de infância e fixaria na memória do escritor a paisagem da qual ele jamais conseguiria se desvincular inteiramente. É esse o cenário que aparece retratado em um de seus romances mais importantes: Iracema.

Com a saúde de seu pai recuperada, volta a São Paulo para terminar os estudos. Aos18 anos, Alencar já tinha esboçado o primeiro romance — Os contrabandistas. Formou-se em 1850. No ano seguinte, Alencar já estava no Rio de Janeiro, trabalhando num escritório de advocacia. Começava o exercício da profissão que jamais abandonaria e que garantiria seu sustento.

Um dos números do jornal Correio Mercantil de setembro de 1854 trazia uma seção nova de folhetim — "Ao correr da pena"; assinada por José de Alencar, que estreava como jornalista. O folhetim, muito em moda na época, era um misto de jornalismo e literatura: crônicas leves, que tratava de acontecimentos sociais do cotidiano da cidade. Alencar tinha 25 anos e obteve sucesso imediato e de curta duração no jornal, pois tendo o jornal censurado um de seus artigos, o escritor desligou-se de sua função.

Começaria nova empreitada no Diário do Rio de Janeiro, jornal bastante influente, mas que passava por séria crise financeira. Alencar e alguns amigos resolveram comprar o jornal e tentar ressuscitá-lo, investindo dinheiro e trabalho. Nesse jornal estreou como romancista: em 1856 saiu em folhetins o romance Cinco Minutos. Com esse romance e logo em seguida, A Viuvinha, Alencar inaugurou uma série de obras em que mostra o modo de vida na Corte. O que aparece nesses romances é uma mostra da vida burguesa, entremeado por enredos em que amor e casamento são a tônica.

É o chamado romance urbano de Alencar, que além do retrato da vida burguesa na Corte, mostra um escritor preocupado com a psicologia dos personagens, principalmente os femininos. Alguns deles são até chamados de "perfis de mulheres".

Estreou como autor de teatro em 1857, com a peça Verso e reverso, em que focalizava o Rio de Janeiro de sua época. Também neste ano, o enredo da peça O crédito que antecipava um problema que o país logo iria enfrentar: a desenfreada especulação financeira. Desse ano data ainda a comédia O demônio familiar.

Em 1858, estreou a peça As asas de um anjo, mas após três dias da estréia, a peça foi proibida pela censura, que a considerou imoral. A resposta de Alencar viria quatro anos mais tarde, por intermédio do romance em que o autor retoma o tema: Lucíola.

Escreveu ainda o drama Mãe, levado ao palco em 1860, ano em que morreu seu pai. Para o teatro, produziu ainda a opereta A noite de São João e a peça O jesuíta. Quando resolveu assumir o Diário do Rio de Janeiro, Alencar pensava num veículo de comunicação que permitisse expressar livremente seu pensamento. Foi nesse jornal que travou sua primeira polêmica literária e política. Nela, o escritor confronta-se indiretamente com ninguém menos que o imperador D. Pedro II.

Aos 25 anos, Alencar apaixonou-se pela jovem Chiquinha Nogueira da Gama, uma grande herdeira da época. Mas o interesse da moça era um rapaz carioca, também muito rico. Desprezado, custou muito ao altivo Alencar recuperar-se do orgulho ferido. Somente aos 35 anos ele iria experimentar, na vida real, a plenitude amorosa. Desta vez, paixão correspondida, namoro e casamento rápidos. A moça era Georgiana Cochrane, filha de um rico inglês. Conheceram-se no bairro da Tijuca, para onde o escritor se retirara a fim de se recuperar de uma das crises de tuberculose. Casaram-se em 20 de junho de 1864. Muitos críticos vêem no romance Sonhos d'ouro, de 1872, algumas passagens que consideram inspiradas na felicidade conjugal que Alencar parece ter experimentado ao lado de Georgiana.

Nessa altura, o filho do ex-senador Alencar já se achava metido na vida política do Império, mas apesar de ter herdado do pai o gosto pela política, Alencar não era dotado da astúcia e da flexibilidade que tinham feito a fama do velho Alencar.

Enquanto era ministro da Justiça, contrariando ainda a opinião de D. Pedro II, Alencar resolveu candidatar-se ao senado. E foi o mais votado dos candidatos de uma lista tríplice. Ocorre que, de acordo com a constituição da época, a indicação definitiva estava nas mãos do imperador. E o nome de Alencar foi vetado.

Esse fato marcaria o escritor para o resto da vida. Daí para diante, sua ação política traz os sinais de quem se sentia irremediavelmente injustiçado. Os amigos foram aos poucos se afastando e sua vida política parecia ter terminado. Mas era teimoso o suficiente para não abandoná-la.

Retirou-se para o sítio da Tijuca, onde voltou a escrever. Desse período resultam O gaúcho e A pata da gazela (1870). Tinha 40 anos, sentia-se abatido e guardava um imenso rancor de D. Pedro II. Eleito novamente deputado, voltou à Câmara, onde ficaria até 1875. Em 1865 e 1866 foram publicadas as Cartas políticas de Erasmo.

Mas foi a questão dos escravos que mais aborrecimentos trouxe ao escritor. Ao se manifestar contra a Lei do Ventre Livre (1871), tomava ele posição ao lado dos escravocratas, despertando a ira de grande contingente de pessoas que, no país inteiro, consideravam a aprovação dessa lei uma questão de honra nacional.

Na obra de Alencar há quatro tipos de romances: indianista, urbano, regionalista e histórico.

Em 1876, Alencar leiloou tudo o que tinha e foi com Georgiana e os seis filhos para a Europa, em busca de tratamento para sua saúde precária. Tinha programado uma estada de dois anos. Durante oito meses visitou a Inglaterra, a França e Portugal. Seu estado de saúde se agravou e, muito mais cedo do que esperava, voltou ao Brasil.

Apesar de tudo, ainda havia tempo para atacar D. Pedro II. Alencar editou alguns números do semanário O Protesto durante os meses de janeiro, fevereiro e março de 1877. Nesse jornal, o escritor deixou vazar todo o seu antigo ressentimento pelo imperador, que não o havia indicado para o Senado em 1869.

Mas nem só de desavenças vivia o periódico. Foi nele que Alencar iniciou a publicação do romance Exhomem — em que se mostraria contrário ao celibato clerical, assunto muito discutido na época. Escondido sob o pseudônimo Synerius, o escritor faz questão de explicar o título do romance Exhomem: " Literalmente exprime o que já foi homem ".

Alencar não teve tempo de passar do quinto capítulo da obra que lhe teria garantido o lugar de primeiro escritor do Realismo brasileiro.

Com a glória de escritor já um tanto abalada, morreu no Rio de Janeiro, em 12 de dezembro de 1877.

É patrono da Cadeira nº 23 da Academia Brasileira de Letras.

OBRAS DO AUTOR

ROMANCE

Cinco Minutos - 1856; O Guarani; A Viuvinha - 1857; Lucíola - 1862; Diva - 1864; Iracema; As Minas de Prata - 1.º vol. - 1865; As Minas de Prata - 2.º vol. - 1866; O Gaúcho; A Pata da Gazela - 1870; Guerra dos Mascates - 1.º vol. O Tronco do Ipê - 1871; Sonhos d'ouro; Til - 1872; Alfarrábios; Guerra dos Mascates - 2º vol. -1873; Ubirajara - 1874; Senhora; O Sertanejo - 1875; Encarnação - 1877

TEATRO

O crédito; Verso e Reverso; Demônio Familiar - 1857; As Asas de um Anjo - 1860; Mãe - 1862; A expiação - 1867 ; O jesuíta - 1875

CRÔNICA

Ao Correr da Pena - 1874

AUTOBIOGRAFIA INTELECTUAL

Como e porque sou romancista - 1893

CRÍTICA E POLÊMICA

Cartas sobre a Confederação dos Tamoios- 1856; Ao Imperador: Cartas Políticas de Erasmo (1865); Ao Imperador: novas cartas políticas de Erasmo (1865); Ao povo: cartas políticas de Erasmo (1866); O Juízo de Deus (1867); Visão de Jó (1867); O Sistema Representativo (1868).

Resumo Comentado de Ubirajara

Primo de O Guarani e irmão de Iracema, como definiu o próprio José de Alencar, Ubirajara sintetiza uma fase áurea do autor e denuncia uma brasilidade que não encontraremos em nenhum outro autor da época.

O encontro do europeu com o indígena sempre foi pano de fundo para os romances indianistas de José de Alencar, os quais, escancaradamente, sempre passaram a idéia de que este está em pé de igualdade com aquele no tocante à bravura, honradez e auto-estima.

Pertencente à primeira geração do romantismo, indianista ou nacionalista, Alencar sempre buscou ressaltar as características mais nobres da terra e de seus habitantes à época em que o Brasil não tinha sido ainda "*descoberto*", e depois da descoberta também. Podemos afirmar com certa propriedade que ele não se furtou a expressar sua veemente oposição à influência portuguesa, à exaltação do nacionalismo, bem como da religiosidade, natureza e do sentimentalismo.

Nesse sentido Ubirajara serviu para que Alencar investigasse bem a fundo nossas origens históricas. Contendo nove capítulos o romance remonta ao Brasil pré-colonial, quando o índio se encontrava em estado natural, ou seja, ainda não tinha tido contato com a civilização. Daí o subtítulo da obra: "Lenda Tupi" – que se passa às margens do Tocantins e Araguaia e tem o objetivo de revelar a origem dos índios ubirajaras. Isso conferiu ao romance um tom até, digamos, histórico.

O romance é composto de nove capítulos e segue uma seqüência cronológica em que cada parte seguinte é a continuação da anterior. Mas três momentos são memoráveis e merecem ser mencionados: o primeiro é quando o caçador Jaguerê se transforma em Ubirajara, o guerreiro; no segundo Ubirajara, o senhor da lança, recebe a hospitalidade dos Tocantins, se apresentando como Jurandir; e o terceiro é o momento da união das duas nações, Araguaia e Tocantim, quando o herói torna-se o chefe da nação Ubirajara.

Personagens

Em conformidade com os ditames românticos da época, Ubirajara, o jovem índio Araguaia, é a própria idealização do bem, da justiça, agilidade, fortaleza e inteligência, se aproximando do personagem Peri, da obra O Guarani, do mesmo autor. A diferença é que ainda não foi aculturado, encontrando-se, portanto, em seu estado puro.

Dentre outras passagens que mereciam ser mencionadas, na que se segue o herói revela sua idealização do amor, no momento em que lhe foi dada a oportunidade de escolher entre várias jovens aquela que lhe faria companhia na rede, como parte das regalias prestadas ao hóspede ilustre. Vejamos:

(...) Jurandir apartou as mulheres e disse:

– As moças tocantins são formosas; qualquer delas alegraria o sono do estrangeiro. Mas Jurandir não veio à cabana de ltaquê para gozar do amor de uma noite; ele veio buscar a esposa que há de acompanhá-lo até a morte e a virgem que escolheu para mãe de seus filhos.

Ele se mantém fiel a Araci, embora as tradições indígenas permitissem a um jovem guerreiro dispor do amor de mais de uma mulher.

Enquanto Jaguaré, Ubirajara, ou Jurandir passa por inúmeras situações de mudança, até a troca de seu nome três vezes, as demais personagens como Camacã, Magé, ltaquê, Jacamim (esposa do chefe tocantim), Pojucã, Paã, Canicrã não sofrem nenhuma transformação, além de não possuírem significativa complexidade psicológica. São personagens planas.

Ainda quanto aos personagens, é interessante observar que não existem vilões em Ubirajara, fato que o diferencia dos demais romances românticos. Talvez por intenção do próprio Alencar de preservar a imagem dos índios. Note-se que a luta de Pojucã com Ubirajara tem caráter extremamente cultural para os indígenas. Não configurando como antagonismo. Mesmo Jandira quando tenta matar Araci, age instintivamente em nome de um amor pura e simplesmente. E a esse respeito o próprio Alencar alerta:

"Araci representa o amor da virgem tupi, segundo o costume tradicional de sua nação, que admitia a comunidade e partilha do amor como privilégio do guerreiro ilustre. Ser amada exclusivamente significava para a mulher selvagem ser amada por um guerreiro obscuro.

Jandira representa o exclusivismo do amor, que muitas vezes devia lutar com a lei tradicional; porque é um impulso da natureza, a qual não é dado ao homem aniquilar embora muitas vezes o "sopite."

Foco narrativo

A trama é narrada em terceira pessoa e tem um narrador observador, que apresenta e caracteriza as personagens a partir daquilo que pode ser observado de suas ações, de seus sentimentos e comportamentos. Embora ele não se apresente totalmente neutro, uma vez que era intenção do autor ressaltar todas as qualidades dos nativos.

Tempo

O romance retrata o período pré-cabralino ou a época do Brasil-Pindorama, como Oswald de Andrade o denominaria mais tarde. E Alencar soube revelar com maestria o verdadeiro perfil dos nativos, destacando seus valores e sua beleza primitiva, usando o recurso do distanciamento e diferenciando-se dos cronistas e missionários que tanto deturparam a imagem dos indígenas, como veremos no trecho a seguir, em Alencar adverte ao leitor:

(...). Releva ainda notar, que duas classes de homens forneciam informações acerca dos indígenas: a dos missionários e a dos aventureiros. Em luta uma com outra, ambas se achavam de acordo nesse ponto, de figurarem os selvagens como feras humanas. Os missionários encareciam assim a importância da sua catequese; os aventureiros buscavam justificar-se da crueldade com que tratavam os índios.

Mas o tempo da narrativa, propriamente dito, é relativamente curto, caracterizado pelas citações: "Três dias se sucedem", "dois dias depois", "ao raiar a luz do céu", "a tarde chega". Essas últimas denotam imprecisão do tempo, característica das narrativas míticas, em que o tempo é um eterno presente.

Espaço

A trama se desenvolve às margens dos rios Tocantins e Araguaia. Sobre esse item é importante ressaltar a forte presença da natureza, tema tão suscitado pelos românticos brasileiros. A natureza aqui é selvagem, paradisíaca, sem a mácula do desenvolvimento. José de Alencar não poupou adjetivos para qualificá-la mostrando-a sempre altiva, exuberante, assim como fez em referência aos costumes utensílios indígenas.

Linguagem

Com a intenção de dar mais veracidade à narrativa, Alencar não economizou palavras em tupi, a língua indígena. Mesmo recriando um mundo lendário e poético, ele conseguiu conferir ao romance uma beleza natural, nativa, por meio de uma poesia bucólica, diferente do que fez com *Iracema*, irmão de *Ubirajara*, que continha uma poesia lírica, predominando o amor entre uma índia e um português.

O autor foi fiel também à maneira de os índios falarem, ou seja, eles não usavam o pronome eu, chamando a si mesmos pelo nome e acrescentando logo em seguida o que seria o sobrenome. Exemplo: Ubirajara, senhor da lança; Araci, estrela do dia; Jandira, sorriso de mel e assim por diante.

Enredo

Com o subtítulo de O Caçador o primeiro capítulo nos traz o jovem caçador Araguaia Jaguerê, que sonhava com a fama de guerreiro imbatível, o qual vamos encontrar no meio da mata procurando novos desafios. Ele não encontra a oportunidade dos desafios, mas algo muito mais estimulante: a linda virgem Araci, "estrela do dia", filha do chefe da nação Tocantim, Itaquê. Já nesse breve encontro eles têm um diálogo em que ela lhe diz: *"O mais forte e valente guerreiro me terá por esposa"*. O moço, mesmo sem se declarar, lá no íntimo, fica entusiasmado e diz a ela que mande pretendentes para combatê-lo.

A jovem parte e Jaguarê cruza com Pojucã, guerreiro tocantim, e começam uma luta sem precedentes da qual o araguaia sai vencedor. Seguindo os costumes dos povos primitivos, Pojucã leva o prisioneiro de guerra para Araguaia, onde, segundo o costume e seguindo os rituais antropofágicos, seria executado.

Esse feito garante a Jaguerê o título de guerreiro Ubirajara, "senhor da lança" e o posto de chefe dos índios araguaias, herdado de seu pai Camacã.

Não contente com apenas essa conquista, Ubirajara quer uma outra: a da esposa. Ele já tinha a promessa de casamento com a jovem Jandira, sorriso de mel, mas não conseguia esquecer de Araci e resolve dizer a Jandira que ele não merece seu amor e sugere que ela seja a esposa do guerreiro preso. Como o amava muito, a virgem não aceita a sugestão e foge para a floresta. Logo depois o herói segue para a nação Tocantim.

É recebido com todas as honras de hóspede ilustre, pois os índios mantinham a crença de que um hóspede era um enviado de Tupã. Então Ubirajara, como mandam as tradições, se senta na taba do chefe Itaquê juntamente com os mais bravos guerreiros e os anciões para fumar cachimbo, compartilhado entre todos os presentes.

Ubirajara passa a ser chamado de Jurandir, "aquele que veio trazido pela luz do céu", pois a lei da hospitalidade não permitia que se perguntasse ao estrangeiro seu nome nem indagasse sobre sua nação.

Após todas as cerimônias e honras, Jurandir pede ao chefe Itaquê que lhe conceda a mão de Araci. O pedido é aceito e Jurandir deixa de ser estrangeiro, passando a pertencer à *"oca de Itaquê, e devia como servo do amor, trabalhar para o pai de sua noiva."*. Ele deveria também, conforme as tradições, disputar com outros guerreiros a posse de Araci.

O guerreiro venceu, mas um dado inesperado veio perturbar a paz do jovem casal: Jandira, a prometida para ser sua esposa, aparece com uma faca e ameaça Araci. O índio chega antes que uma tragédia tivesse acontecido e amarra Jandira, fazendo-a escrava de Araci. *"Jandira é tua escrava. Não lhe dês a liberdade. Ela tem a astúcia da serpente e seu veneno"*.

Ao contrário, Araci lhe dá uma verdadeira aula sobre os costumes e valores indígenas. Ela estava alegre porque, além de ter o amor do guerreiro, Jandira ia fazer-se companheira de sua glória e mãe de seus filhos. *"Quando a esposa de Jurandir não tiver mais beleza para seu guerreiro, ela consentirá que Jandira durma em sua rede"*

É chegado o dia do combate dos guerreiros pela conquista de Araci e durante os rituais do combate a noiva canta: *"Araci ama o mais valente. Ela pertencerá ao vencedor que vencer a bravura dos outros guerreiros, como venceu a vontade da esposa"*.

Jurandir vence, todos os guerreiros, passando por provas de força e astúcia, e ouve do chefe que quando ele chegou, não lhe foi perguntado nada, mas agora era preciso que se apresentasse, uma vez que vencera o combate e seria esposo de uma índia pertencente à taba dos Tocantins. Jurandir resolve se apresentar, mesmo sabendo que seu prisioneiro de guerra era filho de Itaquê e irmão de Araci. Após relatar tudo, diz que partirá no dia seguinte para assistir ao combate final de seu prisioneiro. E depois de ouvir do chefe Itaquê a declaração de guerra, parte.

Araci queria acompanhá-lo, porém o herói não permitiu, dizendo-lhe que jamais trairia a confiança do chefe Itaquê e que ela deveria esperar pelo combate final.

Ubirajara volta à sua tribo e liberta Pojucã para que ele lute ao lado de seu povo. E os Araguaias, liderados por Ubirajara, seguem para atacar os Tocantins, porém, lá encontram os tapuias, que tinham o direito de atacá-los primeiro, por uma questão antiga de vingança. Itaquê vence. mas fica cego na batalha, o que o leva a buscar um sucessor que fosse capaz de manejar o arco e a flecha tão bem quanto ele. O único a conseguir é Ubirajara, unindo o arco de ltaquê ao seu próprio arco, herança de Camacã, seu pai. E esse, sem sombra de dúvidas, é o momento sublime do romance.

É feita uma proposta de paz à nação Araguaia pelo chefe Itaquê, que afirma que pelo heroísmo e nobreza como restituiu a liberdade a Pojucã, Jurandir merecia uma esposa com sangue Tocantim. Tem-se um comovente diálogo e os dois guerreiros jogam suas lanças que se cruzam no ar, simbolizando a união das duas em uma só: a Ubirajara.

Por sugestão da própria Araci, Jandira se torna a segunda esposa do guerreiro. *"Jandira é irmã de Araci, tua esposa. Ubirajara é o chefe dos chefes, senhor do arco das duas nações. Ele deve repartir seu amor por elas, como repartiu sua força"*. E como em um conto de fadas, os três foram felizes para sempre.

ADVERTÊNCIA

Este livro é irmão de *Iracema*.

Chamei-lhe de lenda como ao outro. Nenhum título responde melhor pela propriedade, como pela modéstia, às tradições da pátria indígena.

Quem por desfastio percorrer estas páginas, se não tiver estudado com alma brasileira o berço de nossa nacionalidade, há de estranhar em outras coisas a magnanimidade que ressumbra no drama selvagem a formar-lhe o vigoroso relevo.

Como admitir que bárbaros, quais nos pintaram os indígenas, brutos e canibais, antes feras que homens, fossem suscetíveis desses brios nativos que realçam a dignidade do rei da criação?

Os historiadores, cronistas e viajantes da primeira época, senão de todo o período colonial, devem ser lidos à luz de uma crítica severa. É indispensável sobretudo escoimar os fatos comprovados, das fábulas a que serviam de mote, e das apreciações a que os sujeitavam espíritos acanhados, por demais imbuídos de uma intolerância ríspida.

Homens cultos, filhos de uma sociedade velha e curtida por longo trato de séculos, queriam esses forasteiros achar nos indígenas de um mundo novo e segregado da civilização universal uma perfeita conformidade de idéias e costumes. Não se lembravam, ou não sabiam, que eles mesmos provinham de bárbaros ainda mais ferozes e grosseiros do que os selvagens americanos.

Desta prevenção não escaparam muitas vezes espíritos graves e bastante ilustrados para escreverem a história sob um ponto de vista mais largo e filosófico.

Entre muitos citarei um exemplo. Barlaeus referindo as justas que se faziam entre os selvagens para obterem em prêmio de seu valor à virgem mais formosa, não se esqueceu de acrescentar este comento - *finis spectantium est voluptas*.

Narrados com este pessimismo, as cenas da cavalaria, os torneios e justas não passariam de manejos inspirados pela sensualidade. Nada resistiria à censura ou ao ridículo.

Por igual teor, senão mais grosseiras, são as apreciações de outros escritores acerca dos costumes indígenas. As coisas mais poéticas, os traços mais generosos e cavalheirescos do caráter dos selvagens, os sentimentos mais nobres desses filhos da natureza são deturpados por uma linguagem imprópria, quando não acontece lançarem à conta dos indígenas as extravagâncias de uma imaginação desbragada.

Releva ainda notar que duas classes de homens forneciam informações acerca dos indígenas: a dos missionários e a dos aventureiros. Em luta uma com outra, ambas se achavam de acordo nesse ponto, de figurarem os selvagens como feras humanas. Os missionários encareciam assim a importância da sua catequese; os aventureiros buscavam justificar-se da crueldade com que tratavam os índios.

Faço estas advertências para que ao lerem as palavras textuais dos cronistas citados nas notas seguintes não se deixem impressionar por suas apreciações muitas vezes ridículas. É indispensável escoimar o fato dos comentos de que vem acompanhado, para fazer uma idéia exata dos costumes e índole dos selvagens.

I O CAÇADOR

Pela margem do grande rio caminha Jaguarê, o jovem caçador.

O arco pende-lhe ao ombro, esquecido e inútil. As flechas dormem no coldre da uiraçaba.

Os veados saltam das moitas de ubaia e vêm retouçar na grama, zombando do caçador.

Jaguarê não vê o tímido campeiro, seus olhos buscam um inimigo capaz de resistir-lhe ao braço robusto.

O rugido do jaguar abala a floresta; mas o caçador também despreza o jaguar, que já cansou de vencer.

Ele chama-se Jaguarê, o mais feroz jaguar da floresta; os outros fogem espavoridos quando de longe o pressentem.

Não é esse o inimigo que procura, porém outro mais terrível para vencê-lo em combate de morte e ganhar nome de guerra.

Jaguarê chegou à idade em que o mancebo troca a fama do caçador pela glória do guerreiro.

Para ser aclamado guerreiro por sua nação é preciso que o jovem caçador conquiste esse título por uma grande façanha.

Por isso deixou a taba dos seus e a presença de Jandira, a virgem formosa que lhe guarda o seio de esposa.

Mas o sol três vezes guiou o passo rápido do caçador através das campinas, e três vezes como agora deitou-se além nas montanhas da Aratuba, sem mostrar-lhe um inimigo digno de seu valor.

A sombra vai descendo da serra pelo vale e a tristeza cai da fronte sobre a face de Jaguarê.

O jovem caçador empunha a lança de duas pontas, feita da roxa craúba, mais rija que o ferro.

Nenhum guerreiro brandiu jamais essa arma terrível, que sua mão primeiro fabricou.

Lá estaca o jovem caçador no meio da campina. Volvendo ao céu o olhar torvo e iracundo, solta ainda uma vez seu grito de guerra.

O bramido rolou pela amplidão da mata e foi morrer longe nas cavernas da montanha.

Respondeu o ronco da sucuri na madre do rio e o urro do tigre escondido na furna; mas outro grito de guerra não acudiu ao desafio do caçador.

Jaguarê arremessou a lança, que vibrou nos ares e foi cravar-se além no grosso tronco da emburana.

A copa frondosa ramalhou, como as palmas do coqueiro ao sopro do vento, e o tronco gemeu até a raiz.

O caçador repousa à sombra de sua lança.

Salta uma corça da mata e veloz atravessa a campina.

Mais veloz a persegue gentil caçadora com a seta embebida no arco flexível.

Ergue-se Jaguarê.

Seu olhar ardente voou, sôfrego de encontrar o inimigo que lhe tardava.

Avistando uma mulher, a alegria do mancebo apagou-se no rosto sombrio.

Pela faixa cor de ouro, tecida das penas do tucano, Jaguarê conheceu que era uma filha da valente nação dos Tocantins, senhora do grande rio, cujas margens ele pisava.

A liga vermelha que cingia a perna esbelta da estrangeira dizia que nenhum guerreiro jamais possuíra a virgem formosa.

A corça veio cair aos pés de Jaguarê, atravessada pela flecha certeira da jovem caçadora que a seguia de perto.

A virgem reconheceu o cocar da nação que na última lua chegara aos campos do Taari e da qual os pajés tinham dado notícia.

– Guerreiro araguaia, pois vejo pela pena vermelha de teu cocar que pertences a essa nação valente; se pisas os campos dos Tocantins como hóspede, bem-vindo sejas; mas se vens como inimigo, foge, para que tua mãe não chore a morte de seu filho e tenha quem a proteja na velhice.

– Virgem dos Tocantins, Jaguarê já soltou seu grito de guerra. Ele pisa os campos de teus pais como senhor. Tu és sua prisioneira. Não que vencer a corça tímida seja glória para o caçador; mas tu chamarás o inimigo que ele espera.

– Se o veado te der a sua ligeireza, jovem guerreiro, ela não te servirá senão para ver o rasto de meu pé antes que o vento o apague.

A linda caçadora desferiu a corrida pela imensa campina. Após ela se arremessou Jaguarê que muitas vezes vencera o tapir.

Mas a virgem dos tocantins corria como a nandu no deserto, e o caçador conheceu que seu braço nunca a poderia alcançar.

Travou do arco e o brandiu. A seta obedeceu-lhe, pregando no tronco do açaí a faixa que flutuava ao sopro do vento.

– A filha dos tocantins tem no pé as asas do beija-flor; mas a seta de Jaguarê voa como o gavião. Não te assustes, virgem das florestas; tua formosura venceu o ímpeto de meu braço e apagou a cólera no coração feroz do caçador. Feliz o guerreiro que te possuir.

– Eu sou Araci, a estrela do dia, filha de Itaquê, pai da grande nação Tocantim. Cem dos melhores guerreiros o servem em sua cabana para merecer que ele o escolha por filho. O mais forte e valente me terá por esposa. Vem comigo, guerreiro araguaia, excede aos outros no trabalho e na constância, e tu romperás a liga de Araci na próxima lua do amor.

– Não, filha do sol; Jaguarê não deixou a taba de seus pais onde Jandira lhe guarda o seio de esposa, para ser escravo da virgem. Ele vem combater e ganhar um nome de guerra que encha de orgulho a sua nação. Torna à taba dos Tocantins e dize aos cem guerreiros cativos de teu amor, que Jaguarê, o mais destemido dos caçadores araguaias, os desafia ao combate.

– Araci vai, pois assim o queres. Se fores vencido, ela guardará tua lembrança, pois nunca seus olhos viram mais belo caçador. Se fores vencedor, será uma alegria para a virgem do sol pertencer ao mais valente dos guerreiros.

A virgem disse e desapareceu na selva.

Os olhos de Jaguarê seguiram o passo ligeiro da formosa caçadora, como o guaxinim que rasteja a zabelê.

Quando ela desapareceu, o jovem caçador recostou-se ao tronco da emburana e esperou.

Do outro lado da campina assoma um guerreiro.

Tem na cabeça o canitar das plumas de tucano, e no punho do tacape uma franja das mesmas penas.

É um guerreiro tocantim. De longe avistou Jaguarê e reconheceu o penacho vermelho dos araguaias.

As duas nações não estão em guerra; mas sem quebra da fé pode um guerreiro, cansado do longo repouso, oferecer a outro guerreiro combate leal.

Quando o tocantim armou o arco, Jaguarê já tinha brandido o seu e disparado no ar uma seta, mensageira do desafio.

Respondeu o guerreiro disparando também uma flecha no ar, para dizer que aceitava o combate.

Então os dois campeões caminharam um para o outro com o passo grave e pararam frente a frente.

– Eu sou Jaguarê, filho de Camacã, chefe da valente nação dos araguaias, que vem de longe em busca da terra de seus pais. Minha fama corre as tabas e tu já deves conhecer o maior caçador das florestas. Mas Jaguarê despreza a fama do caçador; ele quer um nome de guerra, que diga das nações a força de seu braço e faça tremer aos mais bravos. Se tua nação te aclamou forte entre os fortes, prepara-te para morrer; se não, passa teu caminho, guerreiro vil, para que o sangue do fraco não manche o tacape virgem de Jaguarê.

– O caraíba guiou teu passo ao encontro de Pojucã, o matador de gente, guerreiro chefe da terrível nação Tocantim, que enche de terror as outras nações. Há três luas, desde que fugiram espavoridos os bárbaros Tapuias, que Pojucã não combate; e seu tacape tem fome do inimigo. Tu não és digno dos golpes de um guerreiro chefe; mas Pojucã se compadece de tua mocidade e consente em combater contigo. Terás a glória de ser morto pelo mais valente guerreiro tocantim. Os cantores de meus feitos lembrarão teu nome; e todos os mancebos de tua nação invejarão tua sorte.

– Jaguarê agradece a Tupã que te fez um grande guerreiro e o chefe mais feroz da grande nação Tocantim, Pojucã, matador de gente. A tua morte será a primeira façanha do caçador araguaia e lhe dará um nome de guerra que se torne o espanto dos teus e o terror das outras nações.

Os dois campeões recuaram passo a passo até que se acharam a um tiro de arco.

Então soltaram o grito de guerra e se arremessaram um contra o outro brandindo o tacape.

Os tacapes toparam no ar e os dois guerreiros rodaram como as torrentes impetuosas no remoinho da Itaoca.

Dez vezes as clavas bateram, e dez vezes volveram para bater de novo.

Os animais que passavam na floresta fugiram espavoridos, como se a borrasca ribombasse no céu.

Ainda uma vez encontraram-se os dois tacapes e voaram em lascas pelos ares.

– O ubiratã é forte; mas há outro ubiratã que lhe resiste. Como o braço de Pojucã é que não há outro braço. Já viste, jovem caçador, o veado nas garras da jibóia? Assim vais morrer.

– Se tu fosses a cascavel que somente sabe morder, Jaguarê te esmagaria a cabeça com o pé e seguiria seu caminho. Mas tu és a jibóia feroz; e Jaguarê gosta de estrangular a jibóia. Não morrerás pelo pé, mas pela mão do caçador. Lança teu bote, guerreiro tocantim.

Pojucã estendeu os braços e estreitou os rins de Jaguarê, que por sua vez cingiu os lombos do guerreiro.

Cada um dos campeões pôs na luta todas as suas forças, bastantes para arrancar o tronco mais robusto da mata.

Ambos, porém, ficaram imóveis. Eram dois jatobás que nasceram juntos e entrelaçaram os galhos ligando-se no mesmo tronco.

Nada os desprende; nada os abala. O tufão passa bramindo sem agitá-los; e eles permanecem quedos pelo volver dos tempos.

Um pajé que passou na orla da mata viu os lutadores e esconjurou-os pensando que eram as almas de dois guerreiros presos no abraço da morte.

Já a sombra se desdobrava pelo vale fora e o sol despedia-se dos cimos dos montes, sem que os campeões se movessem.

Por fim afrouxaram os braços e cada lutador recuou para contemplar seu adversário. Nenhum mostrava no rosto sombra de fadiga.

Conheceram que podiam lutar corpo a corpo, a noite inteira, sem que um prostrasse o outro.

– Tu és igual na valentia e na força ao guerreiro chefe da nação Tocantim. Mas Pojucã não consente que haja na terra quem resista a seu braço. É preciso que tu morras, Jaguarê, para que ele seja o primeiro dos guerreiros que o sol alumia.

– Pojucã, matador de gente, guerreiro feroz da nação Tocantim, Jaguarê deixou-te viver até este momento para saber se tu eras digno de dar-lhe um nome de guerra. Agora que te conhece como o primeiro dos guerreiros que existiram até este momento, ele quer que tua derrota seja a sua primeira façanha.

Disse e arrancando do tronco da emburana a lança de duas pontas caminhou outra vez para Pojucã.

– Esta arma que tu vês é a lança de duas pontas. Jaguarê fabricou-a do rijo galho da craúba, endurecido pelo fogo. Sua mão foi a primeira que a arremessou e teu corpo é o primeiro cujo sangue ela vai beber. Empunha a lança de duas pontas, guerreiro chefe, e ataca Jaguarê para receberes a morte dos valentes.

Pojucã repeliu a lança que o jovem caçador lhe apresentara.

– Jamais no combate um guerreiro Tocantim atacará seu adversário desarmado; nem Pojucã precisa da lança. Ataca tu, Jaguarê, que não tens confiança em teu braço; o de Pojucã basta para te prostrar.

– O orgulho te cega, guerreiro chefe. A lança conhece Jaguarê que a inventou e lhe obedece como o arpão à corda do pescador. Aperta-a bem em tua mão robusta, e Jaguarê estará duas vezes mais armado do que tu, que não sabes manejá-la.

O chefe tocantim cruzou os braços.

– Toma a lança, Pojucã, se não queres que te chame covarde; pois tu sabes que Jaguarê não te matará desarmado, mas te abandonará como indigno de combater com o filho do maior guerreiro araguaia, o grande Camacã.

O chefe tocantim arrojou-se contra Jaguarê que travou-lhe dos pulsos, e outra vez os dois campeões ficaram imóveis.

A noite veio achá-los na mesma posição. Três vezes cessaram a luta, e de novo a travaram. Mas afinal se convenceram que nenhum derrubaria o outro.

Então Pojucã disse:

– Guerreiro araguaia, é preciso acabar o combate. A terra não chega para dois guerreiros como nós. Finca no chão a lança e caminhemos até a margem do rio. Aquele que primeiro chegar, será o senhor da lança e da vida do outro.

Assim fizeram os dois campeões. Chegados à margem do rio, dispararam a corrida. Ao mesmo tempo a mão de ambos tocou a haste da lança; mas Jaguarê, arremessado pelo ímpeto da desfilada, não pôde arrancar a arma que ficou na mão de Pojucã.

O guerreiro chefe enrista desdenhosamente a lança e caminha para Jaguarê. Não vai como o guerreiro que marcha ao combate, mas como o matador que se prepara para imolar a vítima.

– Guerreiro chefe, Jaguarê não te quer matar como a serpente que ataca o descuidado caçador. Dez vezes já, se quisesse, ele te houvera ferido com tua própria mão.

– Abandona a glória do guerreiro, que não é para ti, nhengaíba. Pojucã te concederá a vida e te levará cativo à taba dos Tocantins para que tu cantes as suas façanhas na festa dos guerreiros.

– Cativo serás tu, mas não para cantar os feitos dos guerreiros. Tu servirás na taba dos araguaias para ajudar as velhas a varrer a oca.

Arremessou-se Pojucã avante e desfechou o golpe; mas a lança rodara e foi o chefe tocantim quem recebeu no peito a ponta farpada.

Quando o corpo robusto de Pojucã tombava, cravado pelo dardo, Jaguarê d'um salto calcou a mão direita sobre o ombro esquerdo do vencido, e brandindo a arma sangrenta, soltou o grito do triunfo

– Eu sou Ubirajara, o senhor da lança, o guerreiro invencível que tem por arma a serpente. Reconhece o teu vencedor, Pojucã, e proclama o primeiro dos guerreiros, pois te venceu a ti, o maior guerreiro que existiu antes dele.

– Se meu valor, que serviu para aumentar a tua fama, merece de ti uma graça, não deixes que Pojucã sofra mais um instante a vergonha de sua derrota.

– Não, chefe tocantim. Tu me acompanharás à taba dos araguaias para narrar o meu valor. A fama de Jaguarê precisa de um prisioneiro como o grande Pojucã na festa da vitória.

– Tu és cruel, guerreiro da lança; mas fica certo que se tua arma traiçoeira feriu-me o peito, o suplício não vencerá a constância do varão tocantim, que sabe afrontar as iras de Tupã e desprezar a vingança dos araguaias.

II O GUERREIRO

Retumba a festa na taba dos araguaias.

As fogueiras circulam a vasta ocara e derramam no seio da noite escura as chamas da alegria.

Toda a tarde o trocano reboou chamando os guerreiros das outras tabas à grande taba do chefe.

Era a festa guerreira de Jaguarê, filho de Camacã, o maior chefe dos araguaias.

No fundo da ocara, preside o conselho dos anciões, que decide da paz ou da guerra e governa a valente nação.

Os anciões, sentados no longo jirau, contemplam taciturnos a geração de guerreiros que eles ensinaram a combater, e têm saudades da passada glória.

Suspenso em frente deles está o grande arco da nação araguaia, ornado nas pontas das penas vermelhas da arara.

É a insígnia do chefe dos guerreiros, a qual Camacã, pai de Jaguarê, conquistou na mocidade e ainda conserva, pois ninguém ousa disputá-la.

Ei-lo, o velho chefe, embaixo do arco, que sua mão tantas vezes brandiu na guerra. Em pé, arrimado ao invencível tacape, ele dirige a festa.

De um e outro lado da vasta ocara, está a multidão dos guerreiros, colocados por sua ordem: primeiro os chefes das tabas; depois os varões; por último os moços guerreiros.

Vêm depois os jovens caçadores que já deixaram a oca materna e estão impacientes de ganhar por suas proezas a honra de serem admitidos entre os guerreiros.

Mas para isso têm de passar pelas provas, e sua juventude não lhes consente ainda a robustez, que tamanho esforço demanda.

Todos invejam a glória de Jaguarê, que ontem era o primeiro entre eles, e hoje ali está disputando a fama aos mais valentes guerreiros.

Por detrás da estacada apinham-se as mulheres, que segundo o rito pátrio não podem ser admitidas nas festas guerreiras.

De longe acompanham silenciosas, com os olhos, as velhas aos filhos, as esposas aos seus guerreiros, e as virgens aos noivos.

Exultam quando ouvem celebrar as façanhas dos seus; mas não ousam murmurar uma palavra.

Entre elas está Jandira, a doce virgem, cujos negros olhos não se cansam de admirar Jaguarê, seu futuro senhor.

Já lhe tarda o momento de ver aclamar guerreiro ao jovem caçador, para ter a felicidade de servi-lo como escrava na paz, e acompanhá-lo como esposa ao combate.

No centro da ocara ergueu-se Jaguarê.

Defronte dele, Pojucã, no corpo que a ferida não abateu, mostra a grande alma, serena em face dos inimigos.

Camacã troou a inúbia para ordenar silêncio e o filho começou:

- Guerreiros araguaias, ouvi a minha história de guerra.

"Depois que Jaguarê sofreu as provas do valor, partiu para conquistar um nome famoso.

"Deixando a taba, viu o falcão negro que despedia o vôo para as águas sem fim, e Jaguarê disse:

"O falcão negro é o valente guerreiro dos ares; ele será a fama do guerreiro araguaia que atravessará as nuvens e subirá ao céu.

"Então Jaguarê marcou o vôo do falcão negro e seguiu por ele.

"O sol despediu-se e voltou; uma, duas, três vezes. No último sol Jaguarê encontrou um guerreiro da nação tocantim, senhora do grande rio.

"Guerreiros araguaias, quereis saber qual foi o campeão que Tupã enviou a Jaguarê para dar-lhe o nome de guerra?

"Ele aí está diante de vós.

"É o grande Pojucã, o feroz matador de gente, chefe da tribo mais valente da poderosa nação dos tocantins, senhores do grande rio.

"Vós que o tendes aqui presente, vede como é terrível o seu aspecto, mas só eu que o pelejei conheço o seu valor no combate.

"O tacape em sua mão possante é como o tronco do ubiratã que brotou no rochedo e cresceu.

"Jaguarê, que arranca da terra o cedro gigante, não o pôde arrancar de sua mão e foi obrigado a despedaçá-lo.

"Os braços de Pojucã, quando ele os estende na luta, não há quem os vergue; são dois penedos que saem da terra.

"Seu corpo é a serra que se levanta no vale. Nenhum homem, nem mesmo Camacã, o pode abalar.

"Pojucã era o varão mais forte e o mais valente guerreiro que o sol tinha visto até aquele momento.

"Foi este, guerreiros araguaias, o herói que ofereceu combate ao filho de Camacã; e Jaguarê aceitou, porque logo conheceu que havia encontrado um inimigo digno do seu valor.

"Ele vos contempla, guerreiros araguaias. Se alguém duvida da palavra de Jaguarê e da força do guerreiro tocantim, chame-o a combate e saberá quem é Pojucã."

O chefe tocantim lançou um olhar ameaçador à multidão dos guerreiros; mas nenhum ousou aceitar o desafio.

Pojucã alçou a mão em sinal de que desejava falar; todos escutaram com respeito o herói, ainda maior na desgraça.

– Guerreiros araguaias, ouvi a voz de Pojucã, vosso inimigo, que afronta as iras dos fortes e despreza a vingança dos fracos.

"Pojucã, guerreiro chefe da grande nação Tocantim, jamais encontrou guerreiro que resistisse à força de seu braço invencível.

"Mas Tupã, cansado de ouvir celebrar em todas as festas o nome de Pojucã, como vencedor, emprestou sua força a Jaguarê, o maior guerreiro que já pisou a terra.

"Eu que senti o ímpeto de sua coragem, posso dizer-vos que só o sangue tocantim é capaz de gerar um guerreiro tão poderoso.

"Foi alguma virgem araguaia que vagando pela floresta encontrou Pojucã, e trouxe no seio fecundo a alma do grande guerreiro.

"Seu braço é como o corisco do céu; e a sua força como a tempestade que desce das nuvens."

Calou-se Pojucã; e Jaguarê continuou o seu canto de guerra:

"Quando a sombra começava a descer da crista da montanha, Pojucã e Jaguarê caminharam um contra o outro.

"Toda a noite combateram. O sol nascendo veio achá-los ainda na peleja, como os deixara; nem vencidos, nem vencedores.

"Conheceram que eram os dois maiores guerreiros, na fortaleza do corpo, e na destreza das armas.

"Mas nenhum consentia que houvesse na terra outro guerreiro igual; pois ambos queriam ser o primeiro.

"Foi então que o chefe tocantim ganhou na corrida a lança de duas pontas, que Jaguarê havia fabricado.

"Três vezes seu punho robusto a brandiu, e três vezes ela escapou-lhe da mão, como a serpente das garras do gavião.

"Mais uma vez o grande guerreiro investiu com o bote armado; e a lança, escrava de Jaguarê, cravou o peito do inimigo.

"Ele caiu, o guerreiro chefe, o grande varão dos tocantins, o valente dos valentes, Pojucã, o feroz matador de gente."

E Jaguarê, brandindo a arma da vitória, bradou:

"Eu sou Ubirajara, o senhor da lança, que venceu o primeiro guerreiro dos guerreiros de Tupã.

"Eu sou Ubirajara,o senhor da lança, o guerreiro terrível que tem por arma uma serpente."

O trocano ribombou, derramando longe pela amplidão dos vales e pelos ecos das montanhas a pocema do triunfo.

Os tacapes, vibrados pela mão pujante dos guerreiros, bateram nos largos escudos retinindo.

Mas a voz possante da multidão dos guerreiros cobriu o imenso rumor, clamando:

– Tu és Ubirajara, o senhor da lança, o vencedor de Pojucã, o maior guerreiro da nação tocantim.

"Os guerreiros araguaias te recebem por seu irmão nas armas e te aclamam forte entre os fortes.

"Os cantores celebrarão teu nome como os mais famosos da nação araguaia; e Camacã terá a glória de chamar-se pai de Ubirajara; como foi glória para Jaguarê ser filho de Camacã."

Quando parou o estrondo da festa e cessou o canto dos guerreiros, avançou Camacã, o grande chefe dos araguaias.

De um salto o ancião alcançou o arco da nação, insígnia do chefe na guerra, e caminhou para Ubirajara.

O arco era de ubiratã, grosso como o braço do mais robusto guerreiro; a corda trançada de crautá tinha o corpo do dedo que a brandia.

Os mais possantes varões da nação araguaia a custo empunhavam o grande arco; mas só um tinha força para disparar a seta: era Camacã, o chefe dos chefes, que dirigia na guerra os guerreiros araguaias.

Assim falou o ancião:

– Ubirajara, senhor da lança, é tempo de empunhares o grande arco da nação Araguaia, que deve estar na mão do mais possante. Camacã o conquistou no dia em que escolheu por esposa Jaçanã, a virgem dos olhos de fogo, em cujo seio te gerou seu primeiro sangue. Ainda hoje, apesar da velhice que lhe mirrou o corpo, nenhum guerreiro ousaria disputar o grande arco ao velho chefe, que não sofresse logo o castigo de sua audácia. Mas Tupã ordena que o ancião se curve para a terra, até desabar como o tronco carcomido; e que o mancebo se eleve para o céu como a árvore altaneira. Camacã revive em ti; a glória de ser o maior guerreiro cresce com a glória de ter gerado um guerreiro ainda maior do que ele.

Ubirajara tomou o arco que lhe apresentava o pai e disse:

– Camacã, tu és o primeiro guerreiro e o maior chefe da nação Araguaia. Para a glória de Jaguarê bastava que ele se mostrasse teu filho no valor, como é teu filho no sangue. Mas o grande arco da nação Araguaia, Ubirajara não o recebe de ti e de nenhum outro guerreiro, pois o há de conquistar pela sua pujança.

Disse, e arremessando no meio da ocara o grande arco, bradou:

– O guerreiro que ouse empunhar o grande arco da nação Araguaia, venha disputá-lo a Ubirajara.

Nenhuma voz se ergueu; nenhum campeão avançou o passo.

O trocano reboou de novo, e no meio da pocema do triunfo, a multidão dos guerreiros proclamou:

– Ubirajara, senhor da lança, tu és o mais forte dos guerreiros araguaias; empunha o arco chefe.

Então Ubirajara levantou o grande arco, e a corda zuniu como o vento na floresta.

Era a primeira seta, mensageira do chefe, que levava às nuvens, a fama de Ubirajara.

Os cantores exaltaram a glória dos dois chefes: a do velho Camacã, que trocara a arma do guerreiro pelo bordão do conselho; e a do jovem Ubirajara, que na sua mocidade já se mostrava tão grande, como fora o pai na robustez dos anos.

Pojucã teve o consolo de ouvir seu nome repetido muitas vezes e louvado a par com o de seu vencedor.

Os cantores celebraram depois os grandes feitos da nação araguaia, desde os tempos remotos em que os progenitores deixaram a grande taba dos Tamoios, seus avós.

Quando os nhengaçaras entoaram o canto do triunfo, vieram as mulheres com vasos cheios do generoso cauim e apresentaram as taças aos guerreiros.

Jandira suspirou; ela era virgem, e como suas companheiras, não podia aparecer na festa dos guerreiros.

Sentiu não ser já esposa, para ter o orgulho de encher de vinho espumante, por ela fabricado, a taça de seu herói e senhor.

O guincho agoureiro da inhuma ressoava na mata, quando começou a dança guerreira que durou até perto da alvorada.

III A NOIVA

Ao raiar da luz no céu, Jandira abriu os lindos olhos negros.

Seu canto foi o primeiro que saudou o nascer do dia e acordou em seu ninho a viuvinha.

A doce filha de Majé saltou da rede que embalara os sonhos castos da virgem; e despediu-se dela como a jaçanã que deixa a moita para habitar o ninho do amor.

A virgem araguaia acreditava ter dormido a última noite na cabana paterna, que essa manhã ia trocar pela cabana do esposo.

O jovem caçador que a amava, Jaguarê fora aclamado guerreiro, e entre todos os guerreiros, o chefe da nação.

Como guerreiro ele pode tomar uma esposa; e como chefe pertence-lhe a virgem de sua escolha, entre as mais formosas da taba.

Ainda que a virgem tenha um noivo, ou que o pai a destine a outro, se o chefe a deseja, a vontade de Tupã é que lhe pertença.

Tupã assim ordena para que os grandes chefes possam gerar de seu sangue os mais belos e valentes guerreiros.

Jaguarê antes de ser aclamado chefe já a tinha escolhido, e Jandira não aceitaria outro noivo senão o jovem caçador a quem amava.

Ela o espera. Logo que o sol alumie a terra, Ubirajara, o grande chefe, há de vir buscá-la.

Então a virgem se despedirá de Majé; e irá armar na cabana de seu guerreiro e senhor a rede da esposa.

Ligeira e contente, corre a banhar-se no rio antes que chegue Ubirajara, para quem purifica seu corpo e unge-se com o óleo fragrante do sassafrás.

Ela quer que o destemido guerreiro ache seu amor saboroso como o vinho que espuma na taça e ferve nas veias.

Tornando à cabana, perfumou de beijoim a larga rede que tecera dos fios do algodão entrelaçados com as penas do guará.

Essa rede tinha duas vezes o tamanho de sua rede de virgem porque era a rede do casamento em que devia receber o esposo.

Depois arrumou no uru a louça que havia fabricado para o serviço do guerreiro, e que devia transportar à sua nova cabana.

Quando terminou todos os preparativos, encostou-se à porta da cabana; seus olhos impacientes chamavam Ubirajara.

Mas o guerreiro não vinha, e o sol já tinha subido além da crista da serra.

A luz do dia derramava a alegria pelos campos; e a alegria que lhe afogara os sonhos da noite fugia agora da alma de Jandira.

Então a filha de Majé partiu em busca do noivo que a esquecera.

No mais escuro da mata, vaga o chefe dos araguaias.

Seus olhos fogem à luz do dia e buscam a sombra, onde encontram a imagem que traz na lembrança. À noite, quando o guerreiro dormia em sua rede solitária, Araci, a linda virgem, lhe apareceu em sonho e lhe falou:

– Jaguarê, jovem caçador, tu dormes descansado enquanto os guerreiros tocantins se preparam para roubar a virgem de teus amores. Ergue-te e parte, se não queres chegar tarde.

Ele erguera-se para segui-la; mas a virgem formosa desferiu a corrida veloz através da campina e desapareceu na floresta.

Neste ponto do sonho o guerreiro acordara.

Uma estrela brilhante listrava o céu, como uma lágrima de fogo, e Ubirajara pensou que era o rasto de Araci, a filha da luz.

A juriti arrulhou docemente na mata e Ubirajara lembrou-se da voz maviosa da virgem do sol.

O guerreiro tornou à rede, esperando achar ali outra vez o sonho que visitara sua alma; porém o sono fugira de seus olhos.

Quando raiou a primeira alvorada, Ubirajara saiu da cabana e buscou no mais espesso da mata a sombra propícia à saudade.

Seu passo o guiava sem querer para as bandas do grande rio, onde devia ficar a taba dos tocantins.

É assim que os coqueiros, imóveis na praia, inclinam para o nascente seu verde cocar.

Ubirajara ouviu o rumor de um passo ligeiro através da mata; de longe conheceu Jandira que o procurava.

A doce virgem achara à porta da cabana o rasto do guerreiro e o seguira através da floresta.

– Que mau sonho aflige Ubirajara, o senhor da lança e o maior dos guerreiros, chefe da grande nação Araguaia, para que ele se afaste de sua taba e esqueça a noiva que o espera?

– A tristeza entrou no coração de Ubirajara, que não sabe mais dizer-te palavras de alegria, linda virgem.

– A tristeza é amarga; quando entra no coração do guerreiro o enche de fel. Mas Jandira fará como sua irmã, a abelha, ela fabricará em seus lábios, os favos mais doces para seu guerreiro; suas palavras serão os fios de mel que ela derramará na alma do esposo.

– Filha de Majé, doce virgem, ainda não chegou o dia em que Ubirajara escolha uma esposa; nem ele sabe ainda qual o seio que Tupã destinou para gerar o primeiro filho do grande chefe dos araguaias.

O lábio de Jandira emudeceu; mas o peito soluçou.

A virgem conheceu que o amor de Ubirajara retirava-se dela, e que de todo o perderia se o não defendesse.

Então escondeu a dor no fundo da alma e chamou o riso a seus lábios, a alegria a seus olhos.

Ela sabia que os guerreiros amam a flor da formosura, como a folhagem da árvore; e que a tristeza murcha a graça da mais linda virgem.

– Chefe dos araguaias, Ubirajara, não desprezas Jandira que outrora escolheste para tua noiva. Se então ela era formosa a teus olhos, mais formosa se fará para merecer teu amor. Tu gostavas de seus cabelos negros que arrastam no chão; ela os entrançará com as plumas vermelhas do guará para que te pareçam mais bonitos. Seus olhos negros que te falavam, ela os cercará de uma listra amarela como os olhos da jaçanã. Sua boca, que ainda não provaste, Jandira a encherá de amor para que bebas nela o contentamento.

Jandira esperou a palavra de Ubirajara; mas os lábios mudos do guerreiro não se abriram.

– Teu amor, Ubirajara, ficará em meu seio como a flor no vale. Jandira te dará muitos filhos e todos dignos de teu valor. Nestes peitos que te pertencem, ela os nutrirá com seu sangue, não menos guerreiro do que o teu; porque é o sangue de Majé, o maior dos anciões, depois de Camacã. Seus braços, que outrora querias para tua cintura, não servirão unicamente para te abraçarem, mas também para te servirem. Tua esposa te acompanhará por toda parte, na taba, como no campo do combate; ela cuidará de tua cabana; aprontará as mais saborosas iguarias para seu guerreiro, e fabricará para ele o vinho, que é a alma da festa.

– Jandira é a mais bela das virgens araguaias. Seu amor fará a ventura de um guerreiro valente. Ubirajara não podia achar para si uma esposa mais fiel; nem para seus filhos outra mãe tão fecunda. Mas a noite desceu em sua alma. Só a estrela do dia pode restituir-lhe a alegria que o abandonou. A filha de Majé merece um guerreiro que tenha olhos para a sua formosura.

Pojucã sentou-se pensativo à porta da cabana.

O semblante, sempre grave, como convém a um chefe, cobre-se de tristeza.

A noite que foge da terra, vencida pelo sol, parece recolher-se na alma do chefe tocantim.

Não é sua ferida que o faz sofrer. O bálsamo suave da embaíba sara rapidamente os golpes mais profundos; e os varões tocantins aprendem desde o berço a desprezar a dor.

E em seu coração de guerreiro que Pojucã sente as garras do Anhangá.

O revés de ser vencido e cair prisioneiro, ele o suporta como o varão forte que viu prostrados por Aresqui, no campo da batalha, os mais terríveis guerreiros.

A grandeza do vencedor o consola; resta-lhe ainda a glória de ter resistido a um braço como o de Ubirajara, grande chefe dos araguaias.

Mas ele esperava que depois de haver ornado com sua presença a festa do triunfo, o vencedor fosse generoso, e lhe concedesse a honra do sacrifício.

É o temor de que Ubirajara lhe recuse uma morte gloriosa e o retenha cativo, que nesse momento acabrunha o chefe dos tocantins.

Ele, um guerreiro livre, que pisara outrora como senhor aqueles campos, reduzido à condição de escravo?

Ele, um varão chefe, que tinha na obediência de seu arco mais de mil guerreiros valentes, obrigado a reconhecer um dono?

Ele, que afrontava a cólera de Tupã, quando o deus irado rugia do céu, curvar-se ao aceno de um homem, fosse, embora, o mais pujante dos filhos da terra?

Pojucã estremecia quando se lembrava que podia ser condenado a tão grande humilhação.

Em seu terror promovia o passo, com o ímpeto de fugir para sempre da taba dos araguaias, onde o ameaçava aquela vergonha.

Mas uma força invencível atava-lhe a vontade. Ele não se pertencia desde o momento em que Ubirajara calcou-lhe a mão direita no ombro.

Esse era o sinal da conquista, que prendia o vencido ao vencedor; aquele que violasse a lei da guerra, perderia para sempre o nobre título de guerreiro.

O desprezo do inimigo o acompanharia aos seus nativos; e a taba de seus irmãos não se abriria para o fugitivo que houvesse desonrado o nome de sua nação.

Por isso, na cabana solitária, Pojucã está mais guardado do que se o cercasse a multidão dos guerreiros araguaias.

Vela ele próprio em si, porque vela em sua fama.

Pode Ubirajara esquecê-lo que na volta o encontrará ali onde o deixou.

Nada o arrancará da cabana; nem a necessidade de buscar o alimento para o corpo.

Bem-vinda será a fome, se durar tanto que prostre seu corpo robusto, e o entregue ao seio da terra, onde o guerreiro dorme o sono da glória.

Além, rompe da selva Ubirajara, que se encaminha para a cabana com o passo rápido.

Segue-o de perto Jandira, como a gentil corça acompanha o caçador, que roubou-lhe o companheiro.

Descobrindo o chefe dos araguaias, Pojucã encerrou a tristeza dentro de sua alma; e chamou ao rosto a altivez dos grandes guerreiros.

O chefe tocantim não queria que seu vencedor se regozijasse de ter-lhe abatido o ânimo inflexível.

Quando Ubirajara aproximou-se da cabana, Pojucã tomou-lhe o passo.

– Ubirajara, senhor da lança, grande chefe da nação araguaia, não confessaste tu, diante dos anciões das tabas e de todos os teus guerreiros, que Pojucã era o varão mais forte e o mais terrível no combate, que o sol tinha visto até o momento de ser vencido por ti?

– Ubirajara o disse. É a voz da nação Araguaia.

– Desde que tu cruzaste comigo a seta do desafio até este momento, Pojucã, guerreiro varão, e chefe de uma taba na valente nação dos Tocantins, mostrou-se pela sua constância e valor digno do sangue de seus avós?

– Pojucã o disse, e a fama o repete.

– Então, por que Ubirajara, o grande chefe dos Araguaias, não concede a Pojucã a morte gloriosa, que os tocantins jamais recusaram a um guerreiro valente, e que somente se nega aos fracos? Já não serviu Pojucã à tua glória na festa do triunfo? Esperas dele que te obedeça como um escravo? Se aviltas o varão a quem venceste, humilhas o teu valor que ele exaltava.

O grande chefe araguaia ouviu sem interromper o prisioneiro e respondeu com gravidade:

– Ubirajara não recusa ao bravo chefe tocantim, seu terrível inimigo, o suplício, que não negaria a qualquer guerreiro valente. Ele esperava que tua ferida se fechasse de todo, para que o grande Pojucã possa, no dia do último combate, sustentar a fama de seu nome, e a glória de um varão que só foi vencido por Ubirajara.

O grande chefe dos araguaias levou aos lábios a inúbia de Camacã; a voz do mando reboou pelo vasto âmbito da taba.

Apareceram vinte jovens guerreiros, a quem ele ordenou que chamasse a conselho os anciões.

Depois tornou ao chefe tocantim:

– Os araguaias receberam de seus avós o costume das nações que Tupã criou. Eles destinam ao prisioneiro a mais bela e a mais ilustre de todas as virgens da taba, para que ela conserve o sangue generoso do herói inimigo e aumente a nobreza e o valor de sua nação.

"É esta também a lei, que os guerreiros tocantins observam em suas tabas.

"A mais bela e a mais nobre de todas as virgens araguaias, aquela que se ergue como a palmeira no meio da campina coberta de flores, é Jandira, a filha de Majé, que tem no seio os doces favos da abelha."

Travando então do pulso de Jandira, que ali ficara presa de sua vista, levou-a ao prisioneiro.

– Recebe-a como esposa do túmulo.

Jandira, que ouviu espavorida aquelas palavras, quis fugir; porém a mão do chefe araguaia a reteve.

– Ubirajara parte, mas ele voltará para assistir a teu suplício e vibrar-te o último golpe. Pojucã terá a glória de morrer pela mão do mais valente guerreiro.

Ficaram Jandira e Pojucã em face um do outro.

– Virgem dos araguaias, Tupã te reservou para esposa do mais terrível dos inimigos de tua nação. O filho de seu sangue será o mais valente dos guerreiros; tu sentirás orgulho por havê-lo gerado em teu seio.

– Pojucã, chefe tocantim, Jandira nunca será tua esposa.

– Não é Ubirajara o chefe de tua nação, e não te destinou ele para servir de noiva do túmulo ao guerreiro que vai morrer no suplício?

– Ubirajara é o grande chefe da nação araguaia; à sua voz cala-se a palavra dos anciões; a seu gesto curva-se a fronte dos guerreiros; à sua vontade obedecem as tabas. Mas no amor de Jandira, ninguém manda, nem Tupã. Jandira é noiva de Ubirajara, e se ele não quiser aceitá-la, o guanumbi a levará para os campos alegres onde repousam as virgens que morreram.

– Pojucã não carece do amor de Jandira. Nas tabas dos tocantins, a mais bela das virgens se regozijaria de pertencer ao mais valente dos chefes e de habitar sua rede. Nas tabas dos araguaias, onde nascem guerreiros como Ubirajara, não faltarão virgens formosas, que desejem a glória de ser mãe de um filho de Pojucã.

– Jandira seria a primeira, se não conhecesse Jaguarê, o mais belo dos jovens caçadores, que é hoje Ubirajara, o senhor da lança e chefe dos chefes. Pojucã merece uma esposa que nunca tenha ouvido o canto de outro guerreiro, para dar-lhe um filho digno dele.

– Os ritos de tua nação não punem a noiva que rejeita o prisioneiro?

– Jandira sabe que sujeita-se à morte; mas a morte é menos cruel do que o abandono.

– Então foge, virgem dos araguaias; e esconde-te à cólera dos anciões. Talvez mais tarde Ubirajara se arrependa e te perdoe.

– Jandira parte. Ela te deseja uma esposa terna e a morte gloriosa.

A filha de Majé penetrou na floresta e afastou-se rapidamente da taba.

Quando já estava muito longe, sentou à sombra de um manacá coberto de flores e cantou:

– Eu fui Jandira, a linda abelha, que fabricava os favos de cera para enchêlos de mel saboroso.

"Agora arrancaram-me as minhas asas com que eu voava pela campina colhendo o pó das flores e secou a doçura de meu sorriso.

"O canto que saía de meu seio era como o da patativa ao pôr-do-sol, quando se recolhe em seu ninho de paina macia.

"Agora eu queria ter no coração uma serpente para morder aquela que roubou-me o amor de meu guerreiro.

"Guardei a minha formosura para orgulho do esposo, e inveja dos outros guerreiros.

"Agora eu trocaria a flor do meu rosto por um aspecto terrível que infundisse pavor.

"Meus seios mais lindos que os botões do cardo, por um peito feroz, e as mãos ligeiras que tecem os fios do algodão pelas garras do jaguar.

"Eu fui Jandira, o manacá viçoso que se vestia de flores azuis e brancas.

"Agora sou como a juçara que perdeu a folha, e só tem espinhos para ferir aqueles que se chegam."

Os anciões já estavam reunidos na oca do conselho, quando Ubirajara entrou.

Falou Camacã:

– Ubirajara, senhor da lança, chefe dos chefes, os pais da grande nação araguaia escutam a tua voz.

O grande chefe três vezes bateu no chão com a ponta do arco e disse:

– Pojucã, o chefe tocantim, pede a morte do combate; ele a merece, porque é um grande guerreiro e um varão ilustre. Ubirajara concedeu-lhe essa honra, como seu vencedor.

– Ubirajara é um inimigo generoso, respondeu Camacã.

Todos os anciões inclinaram gravemente a cabeça encanecida para exprimirem sua aprovação às palavras de Camacã.

Prosseguiu Ubirajara:

– É tempo de escolher para o prisioneiro uma esposa digna de acompanhar em seus últimos dias ao herói inimigo, e de ser mãe do marabá, o filho da guerra.

Todos os abarés desejavam para si a glória de oferecer uma filha ao prisioneiro.

– Ubirajara destinou-lhe Jandira, filha de Majé. Ela o merece por sua formosura e pelo sangue do grande guerreiro que gira em suas veias.

– Ubirajara é um grande chefe, disse Camacã.

Os anciões aprovaram outra vez com a cabeça; Majé acrescentou:

– O sangue do velho Majé não desmentirá em Jandira a fama da nação araguaia.

– Não! disse Ubirajara, e todos os anciões repetiram: – Não!

O grande chefe tornou com a voz pausada:

– Celebrai a cerimônia da entrega da esposa ao prisioneiro.

Ubirajara parte; só estará de volta na próxima lua para assistir ao suplício de Pojucã. Se na ausência de Ubirajara cair na taba a flecha, núncia da guerra, conduzi o trocano ao sítio onde se abraçam os grandes rios e soltai a voz da nação araguaia. Nesse dia Ubirajara será convosco.

Os prudentes anciões, com a cabeça inclinada para melhor ouvir, recebiam as palavras do grande chefe e as guardavam na memória.

Quando Ubirajara calou-se, Camacã repetiu, ainda mais pausado, as recomendações do filho:

– É esta a vontade de Ubirajara?

– Tu o disseste.

– Os anciões guardaram a palavra do chefe dos chefes? perguntou ainda Camacã.

– Ela entrou no espírito dos abarés, como a raiz no seio da terra, observou Majé.

– Bem dito; repetiram todos.

Ubirajara saiu do carbeto; após ele os anciões se retiraram lentamente.

IV A HOSPITALIDADE

Na entrada do vale ergue-se a grande taba dos tocantins. É a hora em que as sombras abraçam os troncos das árvores e o sol descansa em meio da carreira.

A floresta emudece e todos os viventes se abrigam da calma que abrasa.

Ubirajara deixa o escuro da mata e caminha para a grande taba dos tocantins.

Quando chegou à distância do tiro de uma flecha despedida pelo mais robusto guerreiro, tocou a inúbia.

O guerreiro de vigia respondeu; e o chefe araguaia, quebrando a seta, alçou a mão direita para mostrar a senda da paz.

Então avançou para a taba; na entrada da caiçara que cercava o campo dos tocantins, atirou ao chão a seta partida.

Os guerreiros que tinham acudido ao som da inúbia, deixaram passar o estrangeiro sem inquirir donde vinha, nem o que trouxera.

Era este o costume herdado de seus maiores; que o hóspede mandava na taba aonde Tupã o conduzia.

Ubirajara passou entre os guerreiros e dirigiu-se à cabana mais alta que ficava no centro da ocara.

A figura do tucano, feita de barro pintado, e colocada em cima da porta, dizia que era ali a cabana do grande chefe. Mas Ubirajara já o sabia, pois, antes de penetrar na taba, subira à grimpa do mais alto cedro da floresta para conhecer o sítio onde habitava Araci, a estrela do dia.

A cabana estava deserta naquele instante, mas ouvia-se a fala das mulheres que trabalhavam no terreiro.

Ubirajara transpôs o limiar e, levantando a voz, disse:

– O estrangeiro chegou.

Acudiram as mulheres e conduziram Ubirajara à presença do grande chefe dos tocantins.

Itaquê passava as horas da ardente calma à sombra da frondosa gameleira, que podia abrigar cem guerreiros embaixo de sua rama.

Repousando dos combates, o formidável guerreiro não desdenhava as artes da paz em que era tão consumado como nas batalhas.

Assim honrava as fadigas da taba, dando o exemplo do trabalho à família de que era pai, e à nação de que era chefe.

Nesse momento as mulheres colocadas em duas filas, com as mãos erguidas, urdiam os fios de algodão, passados pelos dedos abertos em forma de pente. Itaquê manejava a lançadeira, tão destro como na peleja vibrava o tacape. Sua mão ligeira tramava a teia de uma rede, que entretecia das penas douradas do galo-da-serra.

Quando chegou Ubirajara, o grande chefe dos tocantins, depois de ter rematado a urdidura, entregou a lançadeira ao guerreiro Pirajá que estava a seu lado, e veio ao encontro do hóspede.

– O estrangeiro veio à cabana de Itaquê, grande chefe da nação tocantim; disse Ubirajara.

– Bem-vindo é o estrangeiro à cabana de Itaquê, grande chefe da nação tocantim.

Então o tuxava voltou-se para Jacamim, a mãe de seus filhos:

– Jacamim, prepara o cachimbo do grande chefe, para que ele e o estrangeiro troquem a fumaça da hospitalidade.

Os mensageiros já corriam pela taba, avisando os guerreiros moacaras da vinda do hóspede à cabana de Itaquê.

Os moacaras, revestidos de seus ornatos de festa, se encaminharam com o passo grave à oca principal, a fim de honrar o hóspede do grande chefe da nação tocantim.

Ali chegados, cada um dirigiu ao estrangeiro a pergunta da hospitalidade e deu-lhe a boa-vinda.

Depois que Itaquê ofereccu a Ubirajara o cachimbo da paz, e com ele trocou a fumaça da hospitalidade, os cantores entoaram a saudação da chegada:

"O hóspede é mensageiro de Tupã. Ele traz a alegria à cabana; e quando parte, leva consigo a fama do guerreiro que teve a fortuna de o acolher.

"Nas tabas por onde passa e na terra de seus pais ele conta aos velhos, que depois ensinam aos moços, as proezas dos heróis que viu em seu caminho, e de quem recebeu o abraço da paz.

"O hóspede é mensageiro de Tupã. Ele traz consigo a sabedoria; na cabana do guerreiro, que tem a fortuna de o acolher, todos o escutam com respeito.

"Em suas palavras prudentes, os anciões da taba aprendem, para ensinar aos moços, os costumes dos outros povos, as façanhas de guerras desconhecidas por eles, e as artes da paz, que o estrangeiro viu em suas viagens.

"O hóspede é mensageiro de Tupã. O primeiro que apareceu na taba dos avós da nação tocantim foi Sumé, que veio donde a terra começa e caminhou pare onde a terra acaba.

"Dele aprenderam as nações a plantar a mandioca para fazer a farinha; e a tirar do caju e do ananás o generoso cauim, que alegra o coração do guerreiro.

"O hóspede é mensageiro de Tupã. Quando o estrangeiro entra na cabana, o guerreiro que tem a fortuna de o acolher, não sabe se ele é um chefe ilustre ou o grande Sumé que volta de sua viagem.

"O sábio ensina, por onde passa, os segredos da paz, e o herói, as façanhas da guerra; mas ambos deixam na cabana da hospitalidade a glória de ter abrigado um grande varão.

"O hóspede é mensageiro de Tupã. Por seu caminho vai deixando a abundância e a festa; depois do banquete da boa-vinda as árvores vergam com os frutos e a caça não cabe na floresta.

"A cabana, que fecha a porta ao hóspede, o vento a arranca, o fogo do céu a abrasa. O guerreiro que não se alegra com a chegada do hóspede, vê murchar ao redor de si a esposa, os filhos, as mulheres e as roças que ele plantou.

"Bem-vindo seja o estrangeiro na cabana de Itaquê, o grande chefe da nação tocantim, que teve a glória de ser escolhido pelo hóspede.

"Os guerreiros exultam com a honra de seu chefe, e os cantores te saúdam, mensageiro de Tupã."

Enquanto na cabana ressoa o canto da boa-vinda, Jacamim, a esposa de Itaquê, chamou as amantes do marido, suas servas, para ajudá-la a preparar o banquete da hospitalidade.

As servas pressurosas estenderam à sombra da gameleira as alvas esteiras de palmas entrançadas de airi; e colocaram sobre elas os urus cheios de farinha-d'água.

Trouxeram também os camocins rasos, onde se apinhavam as moquecas envoltas em folhas de banana, e peças de carne, assada no biaribi, que ainda fumegavam nos pratos feitos de concha de tartaruga.

Depois suspenderam a caça mais volumosa, veados e antas, assim como as igaçabas de cauim, nos ramos inclinados da árvore, em altura que o braço do guerreiro pudesse alcançar.

Frutas de várias espécies, pencas douradas de bananas, cachos roxos de açaí, os rubros croás e os fragrantes abacaxis, enchiam o jirau levantado no meio do terreiro.

Jacamim conduzira o hóspede à sombra da gameleira, onde o esperava o banquete da chegada.

Ao lado de Ubirajara sentou-se Itaquê e depois os moacaras que tinham vindo para a festa da hospitalidade.

Os guerreiros comeram em silêncio. As mulheres diligentes os serviam, enchendo de vinho de caju e ananás as largas cumbucas, tintas com a pasta do crajuru que dá o mais brilhante carmim.

Quando o hóspede, depois de satisfeito o apetite, lavou o rosto e as mãos, Jacamim ordenou às servas que recolhessem os restos das provisões, e retirou-se com elas.

Também afastaram-se os jovens guerreiros, que ainda não tinham voz no conselho. Só ficaram sentados com o hóspede, Itaquê, e os moacaras, senhores das cabanas.

O cachimbo do grande chefe passou de mão em mão e cada ancião bebeu a fumaça da erva de Tupã, que inspira a prudência no carbeto.

Então disse o chefe:

– Itaquê deseja dar a seu hóspede um nome que lhe agrade; e precisa que o ajude a sabedoria dos anciões.

A lei da hospitalidade não consentia que se perguntasse o nome ao estrangeiro que chegava, nem que se indagasse de sua nação.

Talvez fosse um inimigo; e o hóspede não devia encontrar na cabana onde se acolhia, senão a paz e a amizade.

O chefe, que tinha a fortuna de receber o viajante, escolhia o nome de que ele devia usar enquanto permanecia na cabana hospedeira.

Foi Ipê quem primeiro falou:

– Tu chamarás ao hóspede Jutaí, porque sua cabeça domina o cocar dos mais fortes guerreiros, como a copa do grande pinheiro aparece por cima da mata.

Disse Tapir:

– Chama ao hóspede Boitatá, porque ele tem os olhos da grande serpente de fogo, que voa como o raio de Tupã.

Os moacaras, cada um por sua vez, falaram; e como a voz começava do mais moço para acabar no mais velho, as últimas falas eram menos guerreiras e traziam a prudência da idade.

Assim Caraúba, que era o segundo antes do chefe, disse:

– Itaquê, o hóspede é o núncio da paz. Tu deves chamá-lo Jutorib, porque ele trouxe a alegria à tua cabana.

Guaribu, cujos anos enchiam a corda de sua existência de mais nós, do que tem o velho cipó da floresta, falou por último:

– O viajante é senhor na terra que ele pisa como hóspede e amigo; e o nome é a honra do varão ilustre, porque narra sua sabedoria. Pergunta ao estrangeiro como ele quer ser chamado na taba dos tocantins.

– Bem dito!

Itaquê, aprovando as palavras prudentes do ancião, perguntou a Ubirajara que nome escolhia; este lhe respondeu:

– Eu sou aquele que veio trazido pela luz do céu. Chama-me Jurandir.

Nesse momento, Araci, a estrela do dia, apareceu por entre as palmeiras e caminhou para a cabana.

Os mais valentes entre os jovens guerreiros tocantins acompanhavam a formosa caçadora. Eram os servos do amor, que disputavam a beleza da virgem.

Os cantores saudaram de novo o hóspede pelo nome que ele escolhera

– Tu és aquele que veio trazido pela luz do céu. Nós te chamaremos Jurandir; para que te alegres ouvindo o nome de tua escolha.

"Tu és aquele que veio trazido pela luz do céu. Nós te chamaremos Jurandir; e o nome de tua escolha alegrará o ouvido dos guerreiros. "

De longe Araci viu o estrangeiro, sentado entre os anciões, como o frondoso jacarandá no meio dos velhos troncos das aroeiras.

A virgem reconheceu logo o caçador araguaia e adivinhou que ele viera à cabana de Itaquê para disputar sua beleza aos guerreiros tocantins.

O coração de Araci encheu-se de alegria. Seus negros cabelos estremeceram de contentamento, como as penas da jaçanã quando pressente o formoso inverno.

O estrangeiro não queria ser conhecido; pois deixara o cocar das plumas da arara, que eram o ornato guerreiro de sua nação. Mas a imagem do jovem caçador ficara na lembrança da virgem, como fica na terra a verde folhagem, depois da lua das águas.

A lei da hospitalidade proibia à virgem revelar o segredo do estrangeiro, só dela sabido. Nesse momento foi à sua alma que obedeceu e não ao costume da nação.

Quando Araci chegou ao terreiro, os anciões se preparavam para ouvir a maranduba do hóspede. Os guerreiros e as mulheres escutavam em silêncio.

O estrangeiro começou:

– Jurandir é moço; ainda conta os anos pelos dedos e não viveu bastante para saber o que os anciões da grande nação tocantim aprenderam nas guerras e nas florestas.

"O moço é o tapir que rompe a mata, e voa como a seta. O velho é o jabuti prudente que não se apressa.

"O tapir erra o caminho e não vê por onde passa. O jabuti observa tudo, e sempre chega primeiro.

"Jurandir é moço; mas conhece as grandes florestas; e atravessou mais rios do que as veias por onde corre o sangue valente de seu pai.

"A primeira água em que Jaçanã, sua mãe, o lavou, quando ele rasgou-lhe o seio, foi a do grande lago onde Tupã guardou as águas do dilúvio, depois que as retirou da terra.

"Ainda Jurandir não era um caçador, quando ele se banhou no pará sem fim, onde os rios despejam a sua corrente, e cujas águas, quando dormem, se mudam em sal.

"Duas vezes Jurandir seguiu o pai dos rios, desde a grande montanha onde nasce, até a várzea sem fim que ele enche com suas águas.

"Ele viu o grande rio combater com o mar, no tempo da pororoca. Os dois chefes tocam a inúbia antes da peleja, para chamar seus guerreiros.

"Vêm de um lado as águas do mar, são os guerreiros azuis, com penachos de araruna; vêm do outro as águas do rio; são os guerreiros vermelhos com penachos de nambu.

"Começa a batalha. Os guerreiros se enrolam, como a corrente da cachoeira, batendo no rochedo; a terra estremece com o trovão das águas.

"Mas o grande rio agarra o mar pela cintura. Arranca do chão o inimigo; carrega-o nos ombros; solta o grito de triunfo.

"Por muito tempo os tetivas, que habitam sobre as árvores, vêem passar correndo as águas do mar: são os guerreiros azuis que fogem espavoridos e vão esconder-se na sombra das florestas.

"Jurandir também viu a terra onde habitam as mulheres guerreiras, senhoras de seu corpo, que vivem embaixo das águas do grande rio.

"Só elas sabem o segredo das pedras verdes, que tornam os guerreiros cativos de seu amor, sem privá-las da liberdade.

"Por isso, todas as luas, grande número de guerreiros as visitam em sua taba; e elas guardam para os mais valentes a flor de sua beleza.

"Quando chega o tempo de vir o fruto do amor, guardam somente as filhas; e enviam aos guerreiros os filhos, donde saem os maiores chefes.

"Feliz o guerreiro que acha uma terra valente e fecunda para a flor do seu sangue. O filho será maior do que ele; e o neto maior do que o filho.

"Sua geração vai assim crescendo de tronco em tronco; e forma uma floresta de guerreiros, onde o último cedro se ergue mais frondoso e robusto, porque recebe a seiva de seus avós.

Quando Jurandir proferiu as últimas palavras, seus olhos que tinham muitas vezes buscado Araci, repousaram nela.

A virgem tocantim compreendeu que o estrangeiro se referia a si; e não escondeu sua alegria, como não esconde sua flor a juquiri que o rio beija.

A formosa caçadora cantou. Sua voz era límpida e sonora como o gorjeio do sabiá, quando se deleita com o calor do sol.

– Feliz a terra que recebe a semente do cedro frondoso e robusto; ela se cobrirá de sombra e frescura. Os guerreiros gostarão de reunir-se aí para falar da paz e da guerra.

"Ela é como a virgem que um chefe ilustre escolheu para sua esposa, e que se povoa de uma prole numerosa. As nações a respeitam porque é a mãe de valentes guerreiros; os anciões escutam seu conselho na paz e na guerra.

"As mulheres guerreiras, senhoras de seu corpo, são como a palmeira do muriti, que rejeita o fruto antes que ele amadureça e o abandona à correnteza do rio.

"A esposa não desprende de si o filho, senão quando ele não chupa mais seu peito. Ela é como a mangabeira; nutre o fruto com seu leite, que é a flor de seu sangue.

"Não é na terra das mulheres guerreiras que o estrangeiro deve buscar a esposa; mas na taba de sua nação, onde Tupã guarda para seu valor a mais bela das virgens, aquela que tem o sorriso de mel."

O hóspede respondeu:

– Jurandir sabe onde encontrará a virgem que deseja para esposa. A luz do céu o guia, e nada resiste à força de seu braço.

Depois de responder ao canto de Araci, o estrangeiro continuou sua maranduba, que todos ouviram silenciosos.

Ele contou o que havia aprendido nas praias do mar, habitadas pela valente nação dos Tupinambás, descendentes da mais antiga geração de Tupi.

Os pajés dos Tupinambás lhe disseram que nas águas do pará sem fim vivia uma nação de guerreiros ferozes, filhos da grande serpente do mar.

Um dia esses guerreiros sairiam das águas para tomarem a terra às nações que a habitam; por isso os Tupinambás tinham descido às praias do mar, para defendê-las contra o inimigo.

Os guerreiros do mar também tinham suas guerras entre si, como os guerreiros da terra. Então as águas pulavam mais altas do que os montes; seu estrondo era como o trovão.

Jurandir contou mais, que nas praias do mar se encontrava uma resina amarela, muito cheirosa, a qual a grande serpente criava no bucho.

Os tupinambás faziam dessa goma contas para seus colares; Jurandir mostrou a pulseira que lhe cingia o artelho, presente de um guerreiro daquela nação.

Essas contas tornavam o pé do guerreiro ágil na corrida, e protegiam o viajante contra os caiporas da floresta, que apartavam-se de seu caminho.

Muitas outras coisas referiu Jurandir; e os anciões admiravam-se de ver o juízo prudente de um abaré no corpo jovem de tão forte guerreiro.

Os mais velhos dos moacaras acreditaram que o hóspede era filho de Sumé, mandado por seu pai correr as terras que o sábio tinha visto em sua mocidade.

Calaram porém seu pensamento, para o comunicarem aos anciões quando se reunisse o carbeto da nação.

O sol já descia para as montanhas, quando terminou a festa da hospitalidade na cabana de Itaquê.

Os moacaras partiram. Itaquê, voltando à sua ocupação, deixou o hóspede senhor de sua vontade, para fazer o que lhe agradasse.

Vieram os jovens pescadores da taba, com os anzóis e jequis, saber do hóspede que peixe ele preferia.

Depois deles chegaram os jovens caçadores que, antes de partir para a floresta, vinham receber os desejos do hóspede.

Por fim aproximaram-se as mulheres que já tinham rompido o fio da virgindade; mas não eram nem esposas, nem amantes de guerreiros.

Essas eram as mulheres livres, que davam seu amor e o retiravam quando queriam, mas não recebiam a proteção de um guerreiro, nem podiam jamais ser mães da prole.

Os filhos, concebidos no próprio seio, só tinham por mãe a esposa, que o guerreiro tomou por companheira de sua existência e raiz de sua geração.

O rito da hospitalidade, entre os filhos da floresta, manda que se dê ao estrangeiro amigo tudo que deleita ao guerreiro.

Por isso vinham as moças oferecer a Jurandir sua beleza, para que ele escolhesse entre elas uma companheira, que partilhasse sua rede na cabana hospedeira.

Todas se tinham enfeitado com seus mais belos ornatos, para agradar aos olhos de Jurandir; pois não havia para elas maior glória do que a de merecer o amor do estrangeiro.

Umas traziam as tranças urdidas com penas vistosas dos pássaros de sua predileção; outras haviam perfumado da essência do sassafrás os cabelos soltos, que derramavam sua fragrância ao sopro da brisa.

Chegando diante do estrangeiro, começaram uma dança amorosa para mostrar a graça do seu corpo. Aquelas que tinham a voz doce cantavam em louvor de Jurandir.

Araci fora buscar seu balaio de palha vermelha, e sentara-se no terreiro, junto à porta da cabana. Seus dedos ágeis enfiavam as sementes de jequiriti, de que fazia um ramal para seu colo gentil.

Enquanto compunha o colar, a virgem percebia que os olhos de Jurandir abandonavam os encantos das mulheres e buscavam seu rosto.

Mas ela voltava-se para a floresta; com o trinado de seus lábios chamava o crajuá, que voava no olho da palmeira. O passarinho, iludido, vinha, cuidando ouvir o canto da companheira.

Jurandir apartou as mulheres e disse:

– As moças tocantins são formosas; qualquer delas alegraria o sono do estrangeiro. Mas Jurandir não veio à cabana de Itaquê para gozar do amor de uma noite; ele veio buscar a esposa que há de acompanhá-lo até a morte, e a virgem que escolheu para mãe de seus filhos.

Quando Araci ouviu estas palavras, cobriu-se de sorrisos, como o guajeru se cobre de suas flores alvas e perfumadas, com os orvalhos da manhã.

Jurandir voltou-se então para a virgem caçadora.

– Estrela do dia, Araci conduze-me à presença de Itaquê. É tempo que ele saiba o segredo do estrangeiro.

– Os sonhos disseram a Araci, duas noites seguidas, que o jovem caçador chegaria à cabana de Itaquê; ela te esperou. Quando meus olhos te viram sentado entre os moacaras, logo conheceram que tu vinhas buscar a esposa.

O estrangeiro respondeu:

– Jurandir chegou à taba dos seus, e recebeu um nome de guerra e o grande arco de sua nação. Mas a cabana do chefe estava deserta; e sua rede não lhe guardou o sono tranqüilo do guerreiro. Ele ouviu tua voz que o chamava, virgem tocantim, e ergueu-se; tua luz o guiou, filha do sol, e o trouxe à tua presença.

V SERVO DO AMOR

Jurandir, conduzido pela virgem, caminhou ao encontro de Itaquê e disse:

– Grande chefe dos tocantins, Jurandir não veio à tua cabana para receber a hospitalidade; veio para servir ao pai de Araci, a formosa virgem, a quem escolheu para esposa. Permite que ele a mereça por sua constância no trabalho, e que a dispute aos outros guerreiros pela força de seu braço.

Itaquê respondeu:

– Araci é a filha de minha velhice. A velhice é a idade da prudência e da sabedoria. O guerreiro que conquistar uma esposa como Araci terá a glória de gerar seu valor no seio da virtude. Itaquê não pode desejar para seu hóspede maior alegria.

Desde esse momento, Jurandir não foi mais estrangeiro na taba dos tocantins. Pertencia à oca de Itaquê, e devia, como servo do amor, trabalhar para o pai de sua noiva.

Os guerreiros, cativos da beleza de Araci, conheceram que tinham de combater um adversário formidável; mas seu amor cresceu com o receio de perder a filha de Itaquê.

Jurandir tomou suas armas e desceu ao rio. Era a hora em que o jacaré bóia em cima das águas como o tronco morto; e a jaçanã se balança no seio do nenúfar.

O manati erguia a tromba para pastar a relva na margem do rio. Ouvindo o rumor das folhas, mergulhou na corrente, mas já levava o arpéu do pescador, cravado no lombo.

Jurandir não esperou que o peixe ferido desenrolasse toda a linha. Puxou-o para terra; e levou-o ainda vivo à cabana de Itaquê, onde três guerreiros custaram a deitá-lo no jirau.

As mulheres cortaram as postas de carne e os guerreiros cavaram a terra para fazer as grelhas do biaribi.

Jurandir partiu de novo e entrou na floresta. Ao longe reboavam os gritos dos caçadores que perseguiam a fera.

Pelo assobio o guerreiro conheceu que era um tapir. O animal zombara dos caçadores e vinha rompendo a mata como a torrente do Xingu.

As árvores que seu peito encontrava caíam lascadas.

Jurandir estendeu o braço. O velho tapir, agarrado pelo pé, ficou suspenso na carreira, como o passarinho preso no laço. Nunca, até aquele momento, encontrara força maior que a sua.

Uma vez descera à lagoa para beber. A sucuri, que espreitava a caça, mordeu-o na tromba. Ele fugia, esticando a serpente; e a serpente encolhendo-se, o arrastava até a beira d'água.

Assim tornou uma, duas, três vezes. Mas o tigre urrou de fome. O velho tapir disparou pela floresta; e a sucuri com a cauda presa à raiz da árvore arrebentou pelo meio.

O velho tapir rompeu a serpente como se rompe uma corda de piaçaba; mas não pôde abalar o braço de Jurandir, mais firme do que o tronco do guaribu.

O estrangeiro tornou à cabana com a caça. Nenhum dos guerreiros da taba, nem mesmo o velho Itaquê, pôde agüentar com as duas mãos a fera bravia.

Então Jurandir obrigou o animal a agachar-se aos pés de Araci e disse:

– O braço de Jurandir fará cair assim, a teus pés, o guerreiro que ouse disputar ao seu amor a tua formosura, estrela do dia.

Nunca a abundância reinara na cabana sempre farta do chefe dos tocantins, como depois que a ela chegara o estrangeiro.

Jurandir era o maior caçador das florestas e o primeiro pescador dos rios. Seu olhar seguro penetrava na espessura das brenhas, como na profundeza das águas.

Nada escapava à destreza de sua mão. Onde ela não chegava, iam as unhas de suas flechas certeiras, que rasgavam o seio da vítima, como as garras do jaguar.

O estrangeiro soubera de Araci, qual era a caça que Itaquê preferia e qual o peixe que ele achava mais saboroso. Desde então nunca o velho chefe sentiu a falta do manjar predileto.

Se não era a lua própria do peixe desejado, Jurandir sabia onde o podia encontrar. Não tornava à cabana sem a provisão necessária para a refeição do dia.

Depois da caça e da pesca, Jurandir trabalhava nas roças de Itaquê. Fazia no tabuleiro os matumbos, para que Jacamim enterrasse as estacas da maniva e semeasse o feijão, o milho e o fumo.

Entre os filhos das florestas, a plantação devia ser feita pela mão da mulher, que era mãe de muitos filhos; porque ela transmitia à terra sua fecundidade.

A semente que a mão da virgem depositava no seio da terra dava flor; mas da flor não saía fruto. E se era um guerreiro que plantava, o aipim endurecia como o pau-d'arco.

Nas vazantes do rio, Jurandir capinava a terra coberta de relva e outras plantas, e só deixava crescer o arroz, o inhame e as bananeiras.

Quando o estrangeiro partia pela manhã, Araci o acompanhava de longe pela floresta. Sua vontade a levava após ele.

O costume da taba não consentia que a virgem desejada pelos servos do seu amor preferisse um guerreiro, antes de saber se ele a obteria por esposa.

A filha de Itaquê não queria pertencer a outro guerreiro. Mas lembrava-se que a virgem deve merecer o esposo por sua paciência; assim como o guerreiro merece a esposa por sua constância e fortaleza.

Então voltava ao terreiro: enquanto os outros guerreiros espreitavam sua vontade, ela tecia as franjas para a rede do casamento.

Sua mão sutil urdia como alvo fio do crauatá a fina penugem escarlate. Os noivos cuidavam que era a do peito do tucano; mas ela sabia que era do peito da arara e que tinha as cores do seu guerreiro.

Quando o sol chegava ao cimo dos montes, ouvia-se o canto de Jurandir que voltava da caça. A virgem, seguida pelos guerreiros, ia ao encontro do estrangeiro.

Então desciam ao rio. Era a hora do banho. Araci cortava as ondas mais lindas que a garça cor-de-rosa; e os guerreiros a seguiam de perto, como um bando de galeirões.

Mas nenhum, nem mesmo Jurandir, que nadava como um boto, podia alcançar a formosa virgem. Ela parecia a flor do mururê que se desprendeu da haste e passa levada pela corrente.

Uma vez a filha das águas soltou um grito e desapareceu no seio das ondas. Jacamim cuidou que o jacaré tinha arrebatado a filha de seu seio. Os guerreiros mergulharam para salvá-la; mas não a encontraram.

Todos a julgavam perdida, quando apareceu Jurandir que trazia nos braços o corpo da virgem formosa. Pisando em terra, ela correu para a cabana, onde foi esconder sua alegria.

Desde então, era no banho que Araci recebia o abraço de Jurandir, sem que os outros guerreiros suspeitassem da preferência dada ao estrangeiro.

No seio das ondas ninguém a adivinhava a não ser o ouvido sutil de Jurandir, a quem ela chamava com o doce murmúrio do irerê.

Encontravam-se no fundo do rio, enquanto durava a respiração. Depois desprendiam-se do abraço e surgiam longe um do outro.

Tarde, voltando da caça, Jurandir viu na floresta um rastro, que ele conhecia.

Chegado à cabana, entregou a Jacamim o veado que matara e saiu para visitar os arredores. Nada encontrou de suspeito; o rastro, que o inquietava, não chegara até ali.

No outro dia, ao romper da alvorada, logo depois do banho, os guerreiros partiram para a caça e para a pesca. Só ficaram na cabana Jacamim e as mulheres de Itaquê.

Araci tomou o arco e entrou na floresta. A imagem do guerreiro amado fugia naquele instante de seus olhos; eles buscaram entre as folhas o sinal de seus passos e não o descobriram.

Lembrou-se a virgem, que Jurandir gostava da polpa do guaraná adoçada com o mel da abelha; e colheu os frutos encarnados que pendiam dos ramos da trepadeira.

Nesse momento a arara cantou no olho do pirijá. Araci precisava de suas plumas vermelhas, para o cocar que ela tecia em segredo.

Era o cocar do amor, com que desejava ornar a cabeça de seu guerreiro e senhor, no dia em que ele a conquistasse por esposa.

A virgem armou o arco e seguiu a arara rompendo a folhagem. Quando ia disparar a seta, ouviu ao lado um rumor desusado.

Jurandir estava perto dela e segurava o braço de uma mulher, que ainda tinha na mão a macana afiada.

Araci conheceu a virgem araguaia pela faixa de algodão entretecida de penas, que lhe apertava a curva da perna; e adivinhou que era Jandira, a noiva do guerreiro.

– Filha de Majé, tua mão quis matar a virgem que Jurandir escolheu para esposa. Tu vais morrer.

– Desde que Ubirajara abandonou Jandira, ela começou a morrer, como a baunilha que o vento arranca da árvore. Acaba de matá-la; para que sua alma te acompanhe de dia na sombra das florestas e te fale de noite na voz dos sonhos.

– A virgem araguaia ameaçou a vida de Araci; ela lhe pertence; disse a filha de Itaquê.

Jurandir cortou na floresta uma comprida rama de imbé e atou as mãos de Jandira.

– Jandira é tua escrava. Não lhe dês a liberdade. Ela tem a astúcia da serpente e seu veneno.

– Eu era a cobra-d'água, amiga do guerreiro, que habita sua cabana e a guarda contra o inimigo. Quem foi que me fez a cascavel venenosa, que traz nos lábios o sorriso da morte?

Jurandir não respondeu. Nesse momento ele teve saudade de sua cabana e lembrou-se do tempo em que, jovem caçador, seguia na floresta a formosa virgem araguaia.

As duas virgens ficaram sós no claro da floresta.

Já o rumor dos passos de Jurandir se apagara ao longe e ainda tinham ambas os olhos cativos uma da outra.

Jandira pensou que ela não podia dar a Ubirajara a formosura da filha de

Itaquê. Araci receou que o amor do guerreiro se voltasse outra vez para a linda virgem araguaia.

A filha de Majé preparou-se para morrer à mão de sua rival, mas ela preferia a morte ao suplício de contemplar sua beleza.

Araci, a estrela do dia, cantou:

– O amor do guerreiro é a alegria da virgem; quando ele foge, a virgem fica triste como a várzea que perdeu sua relva.

"Por isso Jandira está triste; o amor do guerreiro fugiu dela; e a deixou solitária como a nambu, a quem o companheiro abandonou.

"Mas o amor do guerreiro é como o orvalho da noite. Quando o sol queima a várzea, ele desce do céu para cobri-la de verdura e de flores.

"Araci está alegre; porque o amor do guerreiro voltou-se para ela; e Jurandir vai fazê-la companheira de sua glória e mãe de seus filhos.

"Quando a esposa de Jurandir não tiver mais beleza para dar a seu guerreiro, ela consentirá que Jandira durma em sua rede.

"E o orvalho da noite descerá do céu para cobrir a várzea de verdura e de flores. E Jandira achará outra vez seu sorriso de mel."

Assim cantou Araci, a estrela do dia; e a virgem araguaia respondeu:

– A árvore que morreu não sofre quando o fogo a queima. Jandira prefere a morte à vergonha de ser tua serva e à tristeza de ver a cada instante a formosura da estrangeira que roubou seu amor.

"Araci, a estrela do dia, é mais bela do que Jandira, mas não sabe amar o guerreiro, que a escolheu para mãe de seus filhos.

"Nunca Jandira ofereceria sua rede de esposa a outra mulher; e aquela que recebesse o amor de seu guerreiro morreria por sua mão."

"Ela amaria seu esposo tanto que sua graça nunca se retirasse dela; pois saberia morrer quando não tivesse mais beleza para dar-lhe.

"A nação araguaia nunca levanta a taba do vale onde acampou, senão quando a terra já não pode dar-lhe mais frutos."

"Assim é o guerreiro. Ele não retira seu amor da esposa que habita, senão quando ela já não sabe alegrar sua alma."

Tornou a virgem tocantim:

– A cajazeira depois que dá seu fruto perde a folha; o guerreiro busca a sombra de outra árvore para repousar.

"Mas vem a lua das águas e a cajazeira outra vez se cobre de folhas; sua sombra é doce ao guerreiro.

"A esposa é como a cajazeira. Quando o guerreiro não acha alegria em seus braços, ela sofre que busque outra sombra e espera que lhe volte a flor para chamá-lo de novo ao seio.

"Araci ama seu guerreiro, como Jacamim ama Itaquê. A cabana do grande chefe dos tocantins está cheia de servas; mas seu amor nunca abandonou a esposa.

"As servas deram a Itaquê muitos filhos; mas os filhos da velhice, foi só Jacamim quem os deu ao grande chefe; porque o primeiro amor do guerreiro não morre nunca.

"Ele é como a grama que nunca, mas deixa a terra onde nasceu: podem arrancá-la que brota sempre.

"Araci quer apagar a tristeza de tua alma e beber o teu sorriso de mel, para que o esposo ache mais doces seus lábios, quando os provar.

"Tu serás irmã de Araci e lhe darás um filho de Jurandir, tão valente, como os que seu amor há de gerar no seio da esposa."

Jandira afastou os olhos da virgem dos tocantins, para desviar dela sua ira.

– Tua palavra dói como o espinho da juçara, que tem o coco mais doce que o mel.

"As flechas do teu arco não matam mais do que os sorrisos que o amor do guerreiro derrama em teu rosto, estrela do dia.

"Ubirajara deixou-me por ti; mas foi a Jandira que ele primeiro escolheu para esposa, quando ainda era jovem caçador.

"Nos campos alegres, onde vão os guerreiros quando morrem, ele me chamará; e o guanumbi virá buscar a minha alma no seio da flor do manacá para levá-la a seu amor.

"Mata-me ou deixa que eu morra para não ver mais tua beleza e não ouvir o canto de tua alegria."

Araci caminhou para Jandira e desatou-lhe os pulsos.

– O amor do guerreiro não pertence à mulher que seus olhos primeiro viram; mas àquela que ele escolheu.

"Apanha teu arco; e morra aquela que não souber defender seu amor e merecer o esposo."

Araci disse, e tirou da uiraçaba uma seta. Jandira ficou imóvel, com os pulsos cruzados, como se ainda estivessem presos.

– A vontade de Ubirajara atou os braços de Jandira; ela rejeita a liberdade dada por ti. Araci pode ser preferida; porém, não será mais generosa do que a filha de Majé.

VI O COMBATE NUPCIAL

Chegou o dia, em que os noivos de Araci deviam disputar a posse da formosa virgem.

Era a hora em que o sol, transpondo a crista da montanha, estende pelo vale sua arazóia d'ouro.

A grande nação Tocantim cerca a vasta campina. No centro estão os anciões, que formam o grande carbeto.

Em frente aparece Araci, a estrela do dia, que há de ser o prêmio da constância e fortaleza do mais destro guerreiro.

Jacamim acompanha a filha; nesse momento remoça com a lembrança do dia em que Itaquê a conquistou, lutando com os mais feros mancebos tocantins.

De um e outro lado seguem pela ordem da idade os moacaras. Cada um cerca-se da esposa, das servas e das filhas, que vieram para assistir ao combate.

É a única das festas guerreiras, em que o rito de Tupã consente a presença das mulheres, porque trata-se de sua glória.

Contemplando o esforço heróico dos mais nobres guerreiros para conquistar a formosura de uma virgem, as outras virgens aprendem a prezar a castidade, e as esposas se ufanam de guardar a fé no primeiro amor.

Itaquê, o grande chefe dos tocantins, preside ao combate, orgulhoso pela valente nação que dirige, como pela formosa virgem de que é pai.

Quando seus olhos admiram a multidão de guerreiros, servos do amor de Araci, que se preparam a disputar a esposa, o grande chefe ergue a fronte soberba como o velho ipê da floresta coroado de flores.

Os noivos se distinguem dos outros guerreiros pelo bracelete de contas verdes, que o guerreiro cinge ao pulso da esposa, quando rompe a liga da virgindade.

Lá caminha Pirajá, o grande pescador, senhor dos peixes do rio, a quem obedece o manati e o golfinho.

Junto dele ergue-se Uiraçu, que tomou este nome do valente guerreiro dos ares, pelo ímpeto do assalto.

Vem depois Araribóia, a grande serpente das lagoas, Cauatá, o corredor das florestas, Cori, o altivo pinheiro, e tantos outros, ainda mancebos, e já guerreiros de fama.

Entre todos, porém, assoma Jurandir. Sua fronte passa por cima da cabeça dos outros guerreiros, como o sol quando se ergue entre as cristas da serrania.

Os músicos fizeram retroar os borés, anunciando o começo da festa; e os servos do amor se estenderam em linha pelo meio da campina.

Então os nhengaçaras levantaram o canto nupcial:

“A esposa é a alegria e a força do guerreiro. Ela acende em suas veias um fogo mais generoso que o do cauim, e prepara para seu corpo o repouso da cabana.

“Por isso, o primeiro desejo do mancebo, quando ganha nome de guerra, é conquistar uma esposa.

“Não basta ser valente guerreiro para merecer a virgem formosa, filha de um grande chefe; é preciso a paciência para sofrer e a perseverança no trabalho.

“Araci, a estrela do dia, filha de Itaquê, será a alegria e a glória do mais forte e do mais valente.

“Os filhos que ela gerar em seu seio, onde corre o sangue do grande chefe, serão os maiores guerreiros das nações.”

Itaquê deu o sinal; o combate começou.

Pirajá foi o primeiro que saiu a campo, e clamou esgrimindo o tacape:

– Araci, estrela do dia, tu serás esposa do guerreiro Pirajá, que te vai conquistar pela força de seu braço.

Avançou Uiraçu, e disse:

– A virgem formosa ama ao guerreiro Uiraçu e há de pertencer-lhe.

A noiva cantou:

– Araci ama o mais forte e mais valente. Ela pertencerá ao vencedor, que vencer a bravura dos outros guerreiros, como venceu a vontade da esposa.

A voz maviosa da virgem afagou a esperança de todos os campeões; mas seus olhos ternos só viam o nobre semblante de Jurandir, o escolhido de sua alma.

Os dois guerreiros travaram a pugna; os tacapes girando nos ares encontravam-se como dois madeiros arrojados pelo remoinho da cachoeira.

Afinal Pirajá, ameaçado pelo bote do adversário, recuou um passo do lugar em que se postara. Pela lei do combate estava vencido, e teve de deixar o campo.

Araribóia tomou o seu lugar; e o combate prosseguiu com vária fortuna, até Cori que, expelindo o vencedor, manteve-se firme contra todos que vieram disputá-lo.

Faltava Jurandir. O estrangeiro avançou gravemente, como convinha a um grande guerreiro da nação Araguaia.

Ele queria dar ao vencedor de tantos combates, o tempo preciso para descansar.

A mão do guerreiro arrastava pelo chão o tacape, que desdenhava erguer para um combate sem glória.

Quando Jurandir achou-se em face do vencedor, levantou a voz e disse:

– Para merecer Araci, a estrela do dia, Jurandir queria vencer a cem guerreiros, e não, combater um guerreiro fatigado.

"Tu empunhas um tacape; toma outro, habituado a vencer; ele restituirá a teu braço a força que perdeu. Basta a Jurandir esta mão, para te arrebatar todas as tuas vitórias."

Disse, e arremessou a arma aos pés do adversário.

Cori, pensando que seu rival o atacava, desfechou-lhe o golpe. Mas Jurandir aparou-o na mão firme e, arrebatando o tacape que o ameaçava, arrancou o guerreiro do chão.

Assim o pinheiro que o tufão arrebata, antes de partir o tronco, desprende a raiz da terra, onde nada o abalava.

Jurandir ficou só no campo. Mas todos os noivos se haviam mostrado valentes guerreiros; talvez nas outras provas saíssem vencedores.

Os músicos tocaram os borés; e os jovens caçadores trouxeram para o meio do campo a figura da noiva.

Era um grosso toro de madeira, no qual a mão destra de um pajé entalhara, com os dentes da cotia, a cabeça de uma mulher.

Três caçadores vergavam com o peso da carga e foram precisos dez para trazê-lo desde a cabana do pajé até o campo, onde ficou semelhante a uma mulher sentada.

Na véspera, o pajé burnira de novo com a folha da sambaíba o toro de madeira, e o esfregara com a banha do teiú, para que ele escorregasse da mão do guerreiro como o lagarto da mão do caçador.

Depois os mancebos guerreiros espalharam pelo campo troncos de árvores cortadas com as ramas e as folhas; e fincaram cercas de estacas entre os barrancos da várzea que ia morrer à margem do rio.

Itaquê deu o sinal; e os guerreiros começaram a nova prova, mais difícil que a primeira.

Era preciso que o guerreiro, à disparada, levantasse do chão, sem parar, o toro de madeira; e se defendesse dos rivais que o assaltavam para tomá-lo.

Esse jogo era o emblema da agilidade e robustez, que o marido devia possuir, para disputar a esposa e protegê-la contra os que ousassem desejá-la.

Na primeira corrida foi Jurandir quem mais rápido chegou. Como o condor que, rebatendo o vôo, leva nas garras a tartaruga adormecida; assim o veloz guerreiro suspendeu a figura da esposa e com ela arremessou-se pela campina.

Os outros o seguiam ardendo em ímpetos de roubar-lhe a presa. Na planície aberta seria vão intento porque nenhum corria como o estrangeiro.

Mas Jurandir achava diante de si, para tolher-lhe o passo, as árvores derrubadas, os barrancos profundos e outros obstáculos de propósito acumulados.

Não hesitou, porém, o destemido mancebo. Saltou as corcovas, galgou as caiçaras, e subiu pelos galhos que estrepavam o chão.

Uma vez os guerreiros aproximaram-se tanto, que Jurandir sentiu nos cabelos o sopro da respiração ofegante. Em frente, erguia-se a alta estacada.

Se tentasse subir, carregado como estava, os guerreiros com certeza o alcançariam a tempo de arrancar-lhe a presa.

Então arremessou pelos ares o toro de madeira, como se fosse o tacape de um jovem caçador; e seguiu após.

Sempre vencedor dos assaltos dos rivais, Jurandir percorreu a vasta campina, e foi colocar a figura da esposa no meio do carbeto dos anciões.

Ali era o termo da correria. O guerreiro que chegava a esse ponto com a sua carga, saía triunfante da prova.

Ele mostrava como arrebataria a esposa do meio dos inimigos e a defenderia contra seus ataques até recolhê-la em um asilo seguro.

De todos os guerreiros só Cori e Uiraçu conseguiram ganhar a prova; mas nenhum com a galhardia de Jurandir

Cori por vezes foi alcançado, e só à confusão dos outros deveu escapar-se. Uiraçu recuperou a presa já perdida, porque Pirajá, que havia empolgado, falseou na corrida e tombou.

Os três vencedores entraram de novo em campo para decidir entre si. O triunfo não se demorou. Jurandir o arrebatou, como o gavião arrebata a presa que disputam duas serpes.

Soaram os borés; e ao som do canto de triunfo entoado pelos nhengaçaras, os chefes e os guerreiros saudaram o vencedor dos vencedores.

Quando voltou o silêncio, Ogib, o grande pajé dos tocantins, estava em pé no meio do campo.

Junto dele, uma das velhas mães dos guerreiros segurava o camucim da constância, que tinha o bojo pintado de vermelho.

O pajé disse:

– Não basta que o guerreiro seja forte e valente, para merecer a esposa.

“É preciso que tenha a constância do varão, e não se perturbe com o sofrimento.

“É preciso que ele tenha a paciência do tatu, e suporte sereno as mortificações das mulheres, e as importunações das crianças.

“O guerreiro que não tem constância e paciência, depressa gasta suas forças.

"O rio que se derrama pela várzea, nunca verá suas margens cobertas de grandes florestas.

"Assim é o guerreiro que não sabe sofrer, e derrama sua alma em lamentações.

"Nunca ele será pai de uma geração forte e gloriosa, nem verá sua cabana povoar-se dos guerreiros de seu sangue.

"Se queres merecer a filha de Itaquê, mostra, Jurandir, que és varão ainda maior do que o famoso guerreiro que todos admiram."

O grande pajé levantou o tampo do camucim, e descobriu uma abertura, bastante para caber o punho do mais robusto guerreiro.

Jurandir meteu a mão no vaso. O semblante sempre grave do guerreiro cobriu-se de um sorriso doce como da luz a alvorada; e seus olhos, mais contentes que dois saís, pousaram no rosto de Araci.

O camucim da constância continha um formigueiro de saúvas, que o pajé havia fechado ali na última lua.

Açuladas pela fome de tantos dias, as formigas vorazes se prepararam para dilacerar a primeira vítima que lhes caísse nas garras.

A dentada da saúva, que anda solta no campo, dói como uma brasa; quando são muitas e com fome, queimam como a fogueira.

Todas as vistas se fitaram no semblante do guerreiro para espreitar-lhe o mínimo gesto de sofrimento.

Mas Jurandir sorria; e seus lábios ternos soltaram o canto do amor. De propósito o guerreiro adoçou a voz, para não parecer que disfarçava o gemido com o rumor do grito guerreiro.

Assim cantou ele:

– A dor é que fortalece o varão, assim como o fogo é que enrija o tronco da craúba, da qual o guerreiro fabrica o arco e o tacape.

"A juçara tem setas agudas: mas Araci quando atravessa a floresta, colhe o coco de mel, embora a palmeira lhe espinhe a mão.

"O ferrão da saúva dói mais do que o espinho da juçara; mas Jurandir acha o mel dos lábios de Araci mais doce do que o coco da palmeira.

"Quando Jurandir era jovem caçador, gostava de tirar a cotia da toca, embora o seu dente agudo lhe sarjasse a carne.

"O ferrão da saúva não dói como o dente afiado; e Jurandir sabe que o pêlo dourado da cotia, não é tão macio como o colo de Araci.

"Jurandir despreza a dor. Seus olhos estão bebendo o sorriso da virgem, mais suave que o leite do sapoti. Sua mão está sentindo o roçar dos cabelos da virgem formosa."

Os anciões deram sinal para concluir a prova da constância; mas o guerreiro continuou o seu canto de amor.

– A cumari arde no lábio do guerreiro; mas torna mais gostosa a carne do veado assado no moquém.

"O cauim queima a boca do guerreiro; mas derrama a alegria dentro d'alma.

"A saúva arde como a cumari e queima como o cauim; porém torna os beijos de Araci mais saborosos e o amor de Jurandir espuma como o vinho generoso.

"Araci há de sorrir de felicidade, quando o filho de seu guerreiro lhe rasgar o seio.

"Jurandir não tem corpo para sofrer, quando o sorriso de Araci lhe enche a alma de amor."

Foi preciso quebrar o camucim para que o guerreiro pudesse retirar a mão, de inflamada que ficara.

O grande pajé esfregou na pele vermelha o suco de uma erva dele conhecida; e logo desapareceu a inchação.

Faltava a última prova, chamada a prova da virgem.

As outras serviam para conhecer o valor, a destreza e robustez do guerreiro, assim como a força de seu amor.

Nesta era que a virgem podia mostrar seu agrado pelo vencedor; ou livrar-se de um esposo, que não soubera ganhar-lhe o afeto.

Os cantores disseram:

"Tupã deu asas à nambu para que ela escape às garras do carcará.

"Tupã deu ligeireza à virgem, para que ela fuja do guerreiro que não quer por esposo.

"Mas a nambu, quando ouve o canto do companheiro, espera que ele chegue para fabricar seu ninho.

"A virgem, quando segue o guerreiro que ela prefere, pensa na cabana do esposo e corre devagar para chegar depressa."

Araci deixou a mãe, e avançou até o meio do campo.

O grande pajé colocou Jurandir na distância de uma muçurana, que cinge dez vezes a cintura do guerreiro.

Estrela do dia lançou para as espáduas as longas tranças negras que voaram ao sopro da brisa.

Arqueou os braços mimosos, vestidos com franjas de penas, como as asas brilhantes do arirama, e quando soou o sinal, desferiu a corrida.

Jurandir seguiu-a. Ele conhecia a velocidade do pé gentil de Araci, que zombava do salto do jaguar.

Nem que pudesse alcançá-la, o guerreiro o tentaria; depois de vencedor, queria dever a esposa ao amor dela e não a seu esforço.

Disputaria Araci não só a todos os guerreiros das nações, como a todas as nações das florestas; só à vontade da própria virgem não a disputaria, pois a queria rendida e não vencida.

Mas sua glória mandava que ele, o chefe de uma grande nação, se mostrasse digno da formosa virgem, que o aceitasse por esposo.

Araci voava pela campina. Às vezes trançava a corrida como o colibri que adeja de flor em flor, outras vezes fugia mais rápida do que a seta emplumada de seu arco.

Quando mostrou a todos que Jurandir não a alcançaria nunca, se ela quisesse fugir-lhe, reclinou a cabeça para esconder o rubor.

Jurandir abriu os braços e recebeu a esposa que se entregava a seu amor.

O guerreiro suspendeu a virgem formosa ao colo; e levou-a à cabana do amor que ele construira à margem do rio.

As ramas de jasmineiro e do craviri vestiam a cabana e matizavam o chão de flores.

Araci foi buscar a rede nupcial, que ela tecera de penas de tucano e arara; e Jurandir conduziu os utensílios da cabana.

Então o estrangeiro sentou-se com a virgem no terreiro e, antes de passar a soleira da porta, revelou a Araci quem era o guerreiro que ela aceitara por esposo.

– Araci pertence ao grande chefe da nação araguaia. Ela teve a glória de vencer ao maior guerreiro das florestas. Ela será mãe dos filhos de Ubirajara; e terá por servas as virgens mais belas, filhas dos chefes poderosos.

"A palmeira é formosa quando se cobre de flores e o vento agita as suas folhas verdes que murmuram; mais formosa, porém, quando as flores se mudam em frutos, e ela se enfeita com seus cachos vermelhos.

"Araci também ficará mais formosa quando de seu sorriso saírem os frutos do amor e quando o leite encher seus peitos mimosos, para que ela suspenda ao colo os filhos de Ubirajara."

Araci ouviu as palavras do guerreiro, palpitante como a corça; e ornou a fronte do esposo com o cocar de plumas vermelhas, que tecera em segredo.

Depois, sentindo os olhos de Ubirajara, que bebiam a sua formosura, ela vestiu o aimará mais alvo do que a pena da garça.

A túnica de algodão, entretecida de penas de beija-flor, desce das espáduas até a curva da perna, cingida pela liga da virgindade.

Quando Araci passava entre os guerreiros que admiravam sua beleza, ela não corava, porque sua castidade a vestia, como a flor à sapucaia.

Mas agora, em presença do guerreiro a quem ama e para quem guardou sua virgindade, tem pejo, e esconde sua formosura às vistas de Ubirajara.

– Os olhos do esposo são como o sol, disse o guerreiro; eles queimam a flor do corpo de Araci.

"Araci tem medo que os olhos do esposo não a achem digna de seu amor; e vestiu seus enfeites.

"Araci queria ser como a juriti, e ter no corpo uma penugem macia, que só a deixasse ver em sua formosura.

"Foi por isso que tua esposa se cobriu com o seu aimará. Os olhos de Ubirajara não lhe queimarão mais a flor de seu corpo."

O guerreiro respondeu:

– A flor do igapê é mais formosa quando abre, e se tinge de vermelho aos beijos do sol, do que fechada em botão e coberta de folhas verdes.

Ubirajara tomou nos braços a esposa e pôs o pé na soleira da porta.

Nesse momento soou um clamor; chegaram os guerreiros que vinham chamar o vencedor à presença de Itaquê.

O carbeto dos anciões tinha decidido que o vencedor, antes de receber a esposa, devia declarar quem era; pois fora recebido como estrangeiro, e ninguém na taba o conhecia.

VII A GUERRA

Itaquê esperava sentado na cabana e cercado do carbeto dos anciões. Jurandir entrou; Araci ficou na porta, orgulhosa do esposo que a conquistara e da admiração que ele ia inspirar aos guerreiros da sua nação.

Itaquê falou:

– Quando o estrangeiro chegou à cabana de Itaquê, ninguém lhe perguntou quem era e donde vinha. O hóspede é senhor.

"Mas agora o estrangeiro saiu vencedor do combate do casamento e conquistou uma esposa na taba dos tocantins.

"É preciso que ele se faça conhecer; porque a filha de Itaquê, o pai da nação dos tocantins, jamais entrará como esposa na taba, onde habite quem tenha ofendido a um só de seus guerreiros."

O estrangeiro disse:

– Morubixaba, abarés, moacaras, e guerreiros da valente nação tocantim, vós tendes presente o chefe dos chefes da grande nação araguaia.

"Eu sou Ubirajara, o senhor da lança; e o maior guerreiro depois do grande Camacã, cujo sangue me gerou. Se quereis saber por que tomei este nome, ouvi a minha maranduba de guerra."

Ubirajara contou o seu encontro com Pojucã; o combate em que o venceu e a festa do triunfo, até o momento em que deixou a taba dos araguaias.

Terminou dizendo que no seguinte sol partiria, para assistir ao combate da morte, como prometera ao prisioneiro.

Ninguém interrompeu a maranduba de guerra. Ubirajara ouviu um gemido; mas não soube que rompera do seio de Araci.

Itaquê arquejou como o rio ao peso da borrasca.

– Tu és Ubirajara, senhor da lança. Eu sou Itaquê, pai de Pojucã. Tenho em face o matador de meu filho; mas ele é meu hóspede!

"Chefe dos araguaias, tu és um jovem guerreiro; pergunta a Camacã que te gerou, qual deve ser a dor do pai, que não pode vingar a morte do filho."

O grande chefe vergou a cabeça ao peito, como o cedro altaneiro batido pelo tufão.

Pojucã tinha sua taba mais longe, na outra margem do rio. Ele partira na última lua para rastejar a marcha dos tapuias; e voltava senhor do caminho da guerra quando encontrou Ubirajara.

Seu pai e os guerreiros de sua taba pensavam que ele buscava na floresta o caminho da guerra. Mal sabiam que a essa hora esperava prisioneiro na taba dos araguaias o combate da morte.

Anciões e guerreiros emudeceram. Todos respeitavam a dor do pai, e não ousavam perturbá-la.

Jacamim, a mãe de Pojucã, aproximara-se. O grande chefe ouviu seu gemido.

– A esposa de Itaquê não chora na presença do matador de seu filho. À voz do esposo, a mãe teve força para esconder no seio sua tristeza e mostrar-se digna do grande chefe dos tocantins.

Ubirajara falou:

– A vingança é a glória do guerreiro; Tupã a deu aos valentes. Ubirajara venceu Pojucã em combate leal e aceita o desafio de Itaquê e de todos os chefes tocantins.

– Tu és meu hóspede; enquanto Itaquê brandir o grande arco da nação Tocantim, ninguém ofenderá o amigo de Tupã na taba de seus guerreiros.

Dizendo assim, o grande chefe ergueu-se e trocou com o estrangeiro a fumaça da despedida.

– Parte. O sol que viu o estrangeiro na cabana hospedeira o acompanhará amigo; mas com a sombra da noite, mil guerreiros, mais velozes que o nandu, partirão para levar-te a morte.

Ubirajara tomou suas armas e disse:

– O hóspede vai deixar tua cabana, chefe dos tocantins; tu verás chegar o guerreiro inimigo.

Itaquê seguiu o estrangeiro até o terreiro; em torno dele se reuniram os abarés, os moacaras e os guerreiros para assistirem à partida.

Ubirajara caminhou com passo lento e grave até o fim da taba.

Chegado ali, tornou rápido à entrada da cabana e retrocedeu, apagando no chão o vestígio de seus passos.

A nação Tocantim o observava imóvel.

Por fim o estrangeiro postou-se no centro da ocara e com o formidável tacape vibrou no largo escudo um golpe, que repercutiu pela taba como o estrondo da montanha.

– O hóspede passou o limiar da cabana que o tinha acolhido, e apagou seu rastro na taba dos tocantins.

"Quem está aqui é um guerreiro armado, que pisa senhor a taba de seus inimigos.

"Itaquê, morubixaba dos tocantins, Ubirajara, o senhor da lança, grande chefe dos araguaias, te envia a guerra na ponta de sua seta."

Quando o guerreiro acabou de proferir estas palavras, Itaquê levantou os olhos e viu cravada na figura do tucano, que era o símbolo da nação, a seta de Ubirajara.

Mil arcos se ergueram, mil tacapes brandiram. A voz possante de Itaquê abateu as armas de seus guerreiros.

Disse o morubixaba:

– A lei da hospitalidade é sagrada. A cólera do estrangeiro não deve perturbar a serenidade do varão tocantim.

Depois voltou-se para o inimigo.

– Ubirajara, grande chefe dos araguaias, Itaquê, o pai da poderosa nação Tocantim, aceita a guerra que tu lhe enviaste. Recebe em teu escudo o penhor do combate.

A corda do grande arco da nação tocantim brandiu, e a seta de Itaquê mordeu o escudo de Ubirajara.

– Vai buscar teus guerreiros e nós combateremos à frente das nações.

– Ubirajara combaterá até que lhe restituas a esposa; assim como ele a conquistou a seus rivais, saberá conquistá-la a ti e à tua nação.

O chefe araguaia partiu. No seio da floresta encontrou Araci que o esperava.

A formosa virgem fora à cabana do casamento buscar a rede nupcial e preparar-se para acompanhar o esposo.

– Ubirajara parte; mas antes de cinco sóis ele estará aqui para te conquistar à tua nação.

– A esposa te acompanha. Teu braço valente já a conquistou; e ela entregou-se a seu senhor. Araci te pertence; deves levá-la.

A virgem tocantim desejava seguir Ubirajara à taba dos araguaias. Falava em sua alma a ternura da esposa e da irmã.

Partindo, ela unia-se para sempre a seu guerreiro e esperava que o amor o moveria a salvar Pojucã.

Ubirajara pensou e disse:

– Se Ubirajara tivesse rompido a liga de Araci, ela era sua esposa; e ninguém a arrebataria de seus braços. Mas a virgem tocantim não pode abandonar a cabana onde nasceu, sem a vontade de seu pai.

Araci suspirou:

– Ubirajara vai deixar a lembrança de Araci nos campos dos tocantins. Jandira o espera na taba dos araguaias e lhe guarda o seu sorriso de mel.

– A luz de teus olhos, Araci, estrela do dia, foi buscar Ubirajara na taba dos seus, onde ressoavam os cantos de seu triunfo, e o trouxe à tua cabana.

"Quando ele partiu encontrou Jandira, e para que a filha de Majé não o acompanhasse, a deu a Pojucã como esposa do túmulo."

– O goaná do lago voa longe, longe, para banhar-se nas águas da chuva que alagaram a várzea; mas logo volta ao seu ninho, e não se lembra mais da moita onde dormiu.

– Ubirajara é um guerreiro, ele não aprende com o goaná do lago, que foge do perigo, mas com o gavião, grande chefe dos guerreiros do ar, que nunca mais abandona o rochedo onde assentou a sua oca.

– Se Ubirajara amasse a esposa, também não a abandonaria. Os braços de Araci já cingiram o colo de seu guerreiro. O tronco não desprende de si a baunilha que se entrelaçou em seus galhos.

Ubirajara calcou a mão sobre a cabeça de Araci:

– Itaquê respeitou a lei da hospitalidade no corpo de Ubirajara; Ubirajara não deixará a traição na terra hospedeira.

"Araci não deve querer para esposo um guerreiro menos generoso do que seu pai."

A virgem emudeceu. Ela sabia que a honra é a primeira lei do guerreiro.

Antes de partir, o chefe consolou a esposa:

– Ubirajara vai pedir ao gavião suas asas para voltar ao seio de Araci. Ele virá à frente de sua nação, conduzido pela luz de teus olhos.

"As outras mulheres são o prêmio de um combate entre os servos de seu amor. Araci terá essa glória; que ela será o prêmio da maior guerra que já viram as florestas."

O chefe araguaia pôs as mãos nos ombros de Araci; duas vezes uniu o seu ao rosto dela, por uma e outra face, para exprimir que nada os podia separar.

Quando o guerreiro desapareceu na floresta, Araci caminhou para a cabana do esposo, que ficara triste e solitária.

A virgem fechou a porta; sentou-se na soleira e cantou sua tristeza.

Dois sóis tinham passado; e viera a noite.

A última estrela se apagava no céu quando Ubirajara pisou os campos dos araguaias.

Sua mão robusta, vibrando a clava, feriu o trocano. A voz da nação araguaia derramou-se ao longe pelo vale, como o estrondo da montanha que arrebenta.

Com o primeiro raio do sol que subia o píncaro da serra, chegaram à grande taba os chefes das cem tabas araguaias, com todos os seus guerreiros, convocados à ocara da nação.

Ubirajara mandou que Pojucã, o prisioneiro, viesse à sua presença:

– Vê o mar de meus guerreiros que enche a terra, como as águas do grande rio quando alaga a várzea. Eles esperam o aceno de Ubirajara para inundarem teus campos.

"A nação Tocantim carece neste momento do braço de seus maiores guerreiros; vai levar-lhe o socorro de teu valor, para que se aumente a glória de Ubirajara, seu vencedor.

"Tu és livre, Pojucã; parte e voa, que a guerra dos araguaias te segue os passos."

O semblante do filho de Itaquê ficou sombrio:

– Pojucã é um chefe ilustre; não merece esta desonra. Tu lhe prometeste a morte dos bravos. Ele exige o combate.

O chefe araguaia contou a maranduba da hospitalidade:

– Ubirajara não sabia que Pojucã era filho de Itaquê; pois ele nunca pisaria como hóspede a cabana de um guerreiro, a quem tivesse decepado um filho.

"É preciso que recuperes a liberdade para que não se diga que Ubirajara surpreendeu a hospitalidade do grande chefe dos tocantins."

Pojucã não respondeu. Ele reconhecera que a honra do seu vencedor exigia sua volta à taba dos seus.

– Parte. Nós combateremos à frente das nações. Ubirajara pertence a Itaquê; mas depois dele, terás a glória de ser vencido outra vez por este braço.

– Ubirajara é um grande chefe e maior guerreiro. Se Tupã não consente que Pojucã seja vencedor, ele não quer maior glória do que a de morrer combatendo Ubirajara.

Pojucã foi à cabana de seu vencedor buscar as armas. Ubirajara arrimou-se ao tacape, como o rochedo que se apóia ao tronco do ipê, e meditou.

Quando passou o chefe tocantim que voltava à sua taba, Ubirajara levantou a cabeça e disse:

– Os olhos de Ubirajara te acompanham; tu és irmão de Araci e vais para junto dela. Dize à estrela do dia que seu esposo está com ela.

O conselho dos abarés se reunira para meditar sobre a guerra. O velho Majé, a quem irritava o desaparecimento da filha, reparou que sem o voto do carbeto se convocasse a nação.

Veio um mensageiro chamar o grande chefe para o carbeto. Ubirajara chegou. Antes que falasse a voz dos anciões, o guerreiro levantou o arco e disse:

– O conselho dos anciões governa a taba e medita nas coisas da paz. Toda a nação respeita sua prudência e sabedoria.

"Mas enquanto Ubirajara brandir o grande arco dos araguaias, tem a guerra fechada em sua mão.

"Quando ele soltar o grito do combate, a voz que falar da paz, emudecerá para sempre, ainda que venha da cabeça do abar que a lua já embranqueceu.

"Quem não quiser assim, venha arrancar da mão de Ubirajara, este arco que ele conquistou por seu valor."

Os abarés estremeceram. Mas o carbeto meditou e decidiu que a maior glória e sabedoria da nação era ter o seu grande arco de guerra na mão de um chefe como Ubirajara.

Camacã tratou com os anciões acerca da defesa das tabas; e o grande chefe abriu o caminho da guerra.

Quando Ubirajara desdobrou sua guerra pela margem do grande rio, ele viu que uma nação tapuia preparava-se para assaltar a taba dos tocantins.

O grande chefe tocou a inúbia, cuja voz chamava o jovem Murinhém, primeiro dos cantores araguaias.

Correu o nhengaçara à presença do grande chefe, e dele recebeu a mensagem que devia levar ao campo inimigo.

Os cantores eram respeitados por todas as nações das florestas como os filhos da alegria; porque serviam de mensageiros entre as nações em guerra.

Eles penetravam no campo inimigo, entoando o seu canto de paz; e nenhum guerreiro ousava ofender aquele a quem Tupã concedera a fonte da alegria.

Murinhém atravessou rápido a campina e apresentou-se em frente de Canicrã, chefe dos tapuias.

– Ubirajara, o senhor da lança, que empunha o arco da poderosa nação araguaia, te manda, a ti, quem quer que sejas, e a todos quantos te obedecem, a sua vontade.

O tapuia rugiu; mas seus olhos viam o mar dos guerreiros araguaias que o cercava, e na frente o grande vulto de Ubirajara, semelhante ao rochedo sombrio e imóvel do meio dos borbotões da cachoeira.

– Os guerreiros de Canicrã só conhecem a vontade do seu chefe; e Canicrã afronta a cólera de Tupã e das nações que ele gerou. Dize, mensageiro, o que pede Ubirajara ao grande chefe dos tapuias.

– Ubirajara te manda que encostes o tacape da guerra. A nação tocantim aceitou a sua flecha de desafio, e ele não consente que ninguém combata seu inimigo, antes de o ter vencido.

– Torna e dize ao grande chefe araguaia, que Canicrã veio trazido pela vingança. Pojucã, um dos chefes tocantins, penetrou em sua taba e incendiou a cabana do pajé, que foi devorado pelas chamas.

"Ubirajara é um grande chefe; ele que diga se o pai da nação pode sofrer tão dura afronta. Canicrã escutará a voz de sua amizade."

O chefe tapuia tomou uma de suas flechas; arrancou o farpão e deu ao mensageiro a haste emplumada com as asas negras do anum, que era o emblema guerreiro de sua nação.

– Toma; entrega ao grande chefe araguaia o penhor da aliança.

Murinhém partiu e foi à taba dos tocantins levar igual mensagem. Itaquê escutou o que lhe mandava Ubirajara e respondeu.

– Antes que Itaquê trocasse com Ubirajara a seta do desafio, Pojucã tinha levado a guerra à taba dos tapuias.

"Canicrã veio trazido pela vingança; e a nação tocantim não pode recusar o combate. Mas Itaquê sabe honrar seu nome se Ubirajara quer, ele combaterá juntamente os dois inimigos."

O mensageiro tornou ao campo dos araguaias com as respostas dos dois chefes. Ubirajara ouviu e meditou.

– Escuta a vontade de Ubirajara para levá-la aos inimigos. O grande chefe araguaia não roubará a Canicrã a glória da vingança; ele respeita a honra da nação tapuia, mas rejeita sua aliança. Restitui o penhor que recebeste.

"Itaquê pode aceitar o combate que Pojucã foi buscar; Ubirajara não ofende o nome de um guerreiro, ainda mais de um morubixaba, e do pai de Araci.

"O chefe dos araguaias não carece de auxílio para triunfar de seus inimigos: deseja que a nação tocantim derrote aos tapuias, para ter ele a glória de vencer ao vencedor.

"Se Itaquê não pode repelir os tapuias, Ubirajara toma a si castigar os bárbaros; e depois de varrê-los das florestas, combaterão as duas nações.

"Se os tocantins necessitam de aliados para resistir ao ímpeto dos araguaias, Ubirajara espera que Itaquê os chame e que eles venham.

"Murinhém falará assim a um e outro chefe; a ambos dirá que a cabana onde estiver Araci fica sob a guarda de Ubirajara; quem nela penetrar como inimigo, sofrerá a morte vil do covarde."

O guerreiro deixou a voz do chefe e falou com a voz de esposo:

– A Araci levarás o canto de amor de Ubirajara. Tu lhe dirás que arme a rede nupcial e não deixe nossa cabana, enquanto Ubirajara não a for buscar.

"Conta-lhe também que o canitar que ela teceu, ainda não deixou a cabeça do seu guerreiro e há de acompanhá-lo sempre."

VIII A BATALHA

A um lado da imensa campina move-se a multidão dos guerreiros tocantins, do outro lado, a multidão dos guerreiros tapuias.

As duas nações se estendem como dois lagos formados pelas grandes chuvas, que se transformam em rios e atravessam o vale.

De um e outro campo levantou-se a pocema guerreira; e os dois povos arremetendo travaram a batalha.

Itaquê achou-se em frente de Canicrã. Ambos se buscavam; dez vezes tinham combatido; vencedores ambos, nenhum fora vencido.

Enquanto viverem os formidáveis guerreiros, não é possível quebrar a flecha da paz entre as duas nações.

Era preciso que um deles morresse para que o vencedor encostasse o tacape do combate e desse repouso à sua nação para reparar os estragos da guerra.

Quando os dois chefes se encontraram, os guerreiros de um e outro campo ficaram imóveis, contemplando o pavoroso combate.

Ubirajara de longe, apoiado em seu grande arco, admirava os dois guerreiros e pensava qual não seria o seu orgulho em vencê-los ambos.

Durava a peleja o espaço de uma sombra. Em torno dos chefes lastravam o chão os tacapes e escudos que se tinham espedaçado aos golpes de cada um.

Imóveis no mesmo lugar, só agitavam a cabeça e os braços; semelhantes a dois condores, que de garras presas aos píncaros do rochedo, se dilaceram com o bico adunco.

Um rugido espantoso atroou pela campina, que estremeceu a batalha e rolou pelas profundezas da floresta.

Paã, a seta, era o último filho de Canicrã. Ainda curumim, pelejava ao lado do irmão, o guerreiro Crebã, cujo ombro mal alcançava com o braço.

Ele tinha nos olhos a vista da gaivota, e nas setas de seu arco, feitas de espinho de ouriço, a velocidade e a certeza do vôo do guanumbi.

Quando caçava na floresta, divertia-se em matar as mutucas traspassando-as com suas flechas, que voavam mais rápidas e certeiras que as vespas venenosas.

Paã saltara sobre os ombros do guerreiro Crebã para assistir ao combate. Admirando o valor de Canicrã, teve orgulho e inveja do pai.

Itaquê desfechara tão formidável golpe, que o tacape e escudo de Canicrã se espedaçaram em suas mãos, deixando-o à mercê do inimigo.

O chefe tocantim arrojou-se, e já sua mão descia sobre a espádua do tapuia para fazê-lo prisioneiro.

O arco de Paã sibilou duas vezes. Os olhos de Itaquê, os olhos do varão forte que nunca umedecera uma lágrima, choraram sangue.

As setas do curumim tinham vazado as pupilas do fero guerreiro, cuja vista era raio. Assim a jandaia rói o grelo do prócero coqueiro.

Foi então que Itaquê soltou o rugido pavoroso que fez tremer a terra. Mas o grito de espanto soçobrou no peito dos guerreiros e rompeu em um grito de horror.

Itaquê estendera os braços, hirtos como duas garras de condor. A mão direita abarcou o penacho e a cabeleira de Canicrã, a esquerda entrou pela boca do tapuia e travou-lhe o queixo.

Separaram-se os braços do guerreiro cego, e a cabeça de Canicrã abriu-se como um coco que se fende pelo meio.

Agitando no ar o crânio sangrento como um maracá de guerra, Itaquê arrojou-se contra os inimigos, buscando a morte que lhe fugia.

Quando o sol entrou, não havia na campina a sombra de um tapuia.

O velho herói voltou à cabana conduzido por Pojucã

– Tupã viu que Itaquê não podia ser vencido pela mão dos homens; e quis vencê-lo ele mesmo pela mão de um menino.

Quando Ubirajara viu o êxito do combate, lamentou que dos dois grandes guerreiros não restasse nenhum, para que ele o vencesse.

Seus olhos descobriram Paã que fugia no meio dos destroços de sua nação. Ergueu a mão, mas não chegou a retesar a seta.

A águia não persegue a andorinha. Era indigno de um guerreiro, quanto mais de um chefe, empregar seu valor contra um menino.

O chefe chamou à sua presença Tubim, um dos jovens caçadores, que tinham acompanhado a guerra para prover o alimento.

– Tubim tem as asas da abelha; se ele alcançar o curumim tapuia que eu estou olhando, Ubirajara lhe dará o nome de Abeguar.

O jovem caçador seguiu o olhar do chefe e sumiu-se num turbilhão de poeira. Quando os vaga-lumes começaram a luzir no escuro da mata, ele estava de volta ao campo dos araguaias; e trazia o curumim fechado nos braços.

Nessa mesma noite, Tubim recebeu o nome de Abeguar, senhor do vôo, em honra da façanha que tinha realizado.

Os cantores entoaram seu louvor; e o jovem caçador teve a glória de receber os aplausos dos moacaras de sua nação, e de um chefe como Ubirajara.

Ao raiar da manhã, Murinhém foi à taba dos tocantins, acompanhado por vinte guerreiros que conduziam o curumim.

Quando chegou em frente à cabana do grande chefe, o cantor viu Itaquê no terreiro, sentado em uma sapopema.

O guerreiro fitava os olhos no céu, onde o calor lhe dizia que estava o sol. Mas não encontrava a luz que para sempre o abandonara.

Então o velho guerreiro abaixava os olhos para a terra, como se buscasse o lugar do repouso.

Quando soaram longe os passos dos estrangeiros, o chefe alongou a fronte para ver pelo ouvido o que os olhos lhe recusavam.

Murinhém chegou e disse:

– Ubirajara envia a Itaquê o resto da vingança. Este é Paã, o filho de Canicrã. Ele te roubou a vista; mas não salvou o pai de tua mão terrível. Faze do curumim tapuia um mancebo tocantim; e ele será a luz dos teus olhos e caminhará na frente do grande chefe para abrir-lhe o caminho da guerra.

Paã avançou:

– O filho de Canicrã jamais será escravo; nasceu tapuia e tapuia morrerá, como o grande chefe que o gerou. Enquanto o ouriço viver nas florestas, ele roubará seus espinhos para furar os olhos dos tucanos.

Itaquê pousou a palma da mão na cabeça do menino:

– O curumim que ama seu pai é filho de Itaquê. Tu és livre, Paã; vai caçar o ouriço. Quando fores um guerreiro, acharás cem mancebos do sangue de Itaquê para castigarem tua audácia.

O chefe voltou-se para o cantor:

– Tupã tirou a luz dos olhos de Itaquê; mas aumentou a força de seu braço. Ubirajara terá para combatê-lo um inimigo digno de seu valor.

Murinhém tornou ao chefe araguaia com esta resposta.

Quando partia o cantor, chegaram à cabana de Itaquê os abarés da nação tocantim.

Os anciões sentaram-se em torno do guerreiro cego; e bebendo a fumaça da sabedoria, formaram o carbeto.

Falou Guaribu:

– O grande arco da nação carece de uma mão robusta para brandir sua corda; e de um olho seguro para dirigir sua seta. Itaquê é o maior guerreiro das florestas; seu nome faz tremer aos mais valentes dos inimigos; seu braço fere como o raio. Mas a luz fugiu de seus olhos e ele não pode mais abrir o caminho da guerra.

O velho chefe ergueu-se com o passo trôpego. Alcançando o grande arco dos tocantins abraçou-se com ele e falou-lhe.

– Quando Itaquê te recebeu da mão do grande Javari, ele pensava que só a morte o separaria de ti, para transmitir-te a um guerreiro de seu sangue. Mas Itaquê ficou na terra, como um tronco levado pela corrente, que não sabe onde vai.

Um esguicho de sangue saltou dos buracos, onde o velho tivera os olhos. Era a lágrima que a desgraça lhe deixara.

Os abarés meditaram. Guaribu falou de novo:

– O grande arco da nação que tu recebeste do grande Javari, teu pai, não te abandonará. Ele fica em tua mão invencível; haverá outro arco na mão do mais valente guerreiro, que abrirá o caminho da guerra. Mas enquanto Itaquê viver, sua voz governará a nação que ele defendeu com seu braço.

O semblante do velho chefe cobriu-se de um sorriso, como o negro rochedo sobre o qual desliza um raio de luar.

– Pais da sabedoria, abarés, olhai aquele jatobá que se levanta no meio da campina, e que eu só posso ver agora na sombra de minha alma.

“Ele tem muitas raízes que o sustentam nos ares, tem muitos galhos que o cercam e estendem ao longe a sua rama. Mas o tronco é um só.

“As grossas raízes são os abarés que sustentam o chefe com o seu conselho. Os galhos fortes são os moacaras que cercam o chefe e geram a multidão de guerreiros mais numerosa que as folhas das árvores. O tronco é o chefe da nação; se ele se dividir, o jatobá não subirá às nuvens, nem terá forças para resistir ao tufão.

“O lugar de Itaquê é no conselho. O último dente de seu colar de guerra foi o que ele arrancou da boca de Canicrã. Convocai os guerreiros, e o que for mais forte e mais valente empunhe o grande arco da nação.”

O trocano chamou a nação ao carbeto. Vieram os moacaras, conduzindo suas tribos.

O velho Itaquê contava pelos passos os guerreiros que chegavam. O grande arco da nação, que ele segurava direito, parecia um dos esteios da cabana, e tinha a corda tão grossa como a da rede do chefe.

Os mais famosos guerreiros tocantins se apresentaram para disputar o grande arco; muitos conseguiram vergá-lo, mas a seta não partiu.

Itaquê escutava com o ouvido atento; o som dele conhecido não feriu os ares.

– Onde está Pojucã? perguntou o velho chefe.

O valente guerreiro do sangue de Itaquê estava de parte, grave e taciturno. Algum motivo o separava do arco-chefe, que ele devia ser o primeiro a disputar.

– Teu filho te escuta; respondeu.

– Empunha o arco-chefe; se há um guerreiro tocantim que possa conquistá-lo, esse deve ser do sangue de Itaquê.

Pojucã recebeu o arco. Fincando nele os pés, o guerreiro arrojou-se para trás como a jibóia quando se enrista para armar o bote.

A seta partiu, e foi cravar a cabeça de um chefe tapuia, fincada na estaca, à entrada da taba.

Itaquê curvara a cabeça. Ele ouviu brandir a arma; não era, porém, aquele o zunido da corda do arco, quando o vergava sua mão possante.

Pojucã depôs o arco-chefe aos pés de Itaquê e disse:

– Pojucã mostrou que em suas veias corre o sangue generoso de Itaquê. Mas o grande arco pesa em sua mão. Só há um guerreiro na terra que o possa brandir como Itaquê e esse não cinge a fronte com o cocar das penas de tucano.

– Pojucã negou a Itaquê esta última consolação. O arco invencível do grande Tocantim, que foi o pai da nação, vai sair de sua geração. Tocantim o transmitiu a seu filho Javari, que me gerou; mas eu não soube gerar com seu sangue um guerreiro digno deles.

IX A UNIÃO DOS ARCOS

Os tapuias voltaram; com eles vinha Agniná à frente de sua nação, para vingar a morte de Canicrã, seu irmão.

Era grande a multidão dos guerreiros; e maior a tornavam a sanha da vingança e a fama do chefe que a conduzia.

Não eram tantos os tocantins; mas bastaria seu valor para igualá-los, se não lhes faltasse a cabeça, que rege o corpo.

A poderosa nação estava como o bando de caitetus que perdeu o pai e desgarra-se pela floresta, correndo sem rumo.

Os mais valentes moacaras, chefes das tribos, esperavam pelo grande chefe da nação para abrir-lhes o caminho da guerra.

Os abarés meditaram. Eles não podiam inventar um guerreiro capaz de suceder a Itaquê; mas não se resignavam a abater a glória da nação, trocando o arco invencível do grande Tocantim por outro arco mais leve, que Pojucã manejasse.

Também Pojucã anunciara que, não podendo brandir o arco de Itaquê, jamais empunharia outro arco-chefe, menos glorioso do que o do grande Tocantim.

Abarés, chefes, moacaras, guerreiros, toda a nação se reuniu em torno do herói cego.

Daquele que durante tantas luas defendera a nação com a força de seu braço e a protegera com o terror de seu nome, esperavam ainda a salvação.

O velho ouviu a voz dos abarés, a voz dos chefes, a voz dos moacaras, a voz dos guerreiros, e disse:

– Itaquê ainda pode combater e morrer por sua nação; mas sem a luz do céu, ele não pode mais abrir a seus filhos o caminho da vitória.

"O braço de Itaquê defendeu sempre a nação Tocantim; quer ela ser defendida agora pela palavra daquele, que não tem mais para dar-lhe senão a experiência de sua velhice?

"Pensem os abarés, os chefes, os moacaras e os guerreiros."

Guaribu respondeu:

– A nação pensou. Fala e todos obedecerão à tua palavra, como obedeciam ao braço de Itaquê.

– A voz do coração diz ao neto de Tocantim que a glória da nação que ele gerou não se pode extinguir. O sangue de Itaquê, passando pelo seio de Araci, se unirá a outro sangue generoso para brotar maior e mais ilustre.

"Assim a terra onde nasceu uma floresta de acajás, recebe o limo do rio e gera nova floresta mais frondosa que a outra.

"Jacamim, chama Araci, a filha de nossa velhice. E vós, abarés, chefes, moacaras e guerreiros, segui-me."

O velho herói atravessou a taba guiado por Araci.

A nação o seguia em silêncio.

Quando o guerreiro cego passava com a mão no ombro da virgem formosa que dirigia o seu passo incerto, os guerreiros lembravam-se do tronco já morto que a rama do maracujá ainda sustenta de pé junto ao penedo.

Os cantores iam adiante e entoavam um canto de paz.

Um mensageiro de Itaquê o precedera no campo dos araguaias.

Ubirajara, cercado de seus abarés, chefes, moacaras e guerreiros, veio ao encontro do morubixaba dos tocantins.

A alma do grande chefe araguaia encheu-se da alegria de ver Araci; mas ele retirou os olhos da esposa, para que o amor não perturbasse a serenidade do varão.

– Ubirajara está em face de Itaquê; para combatê-lo, se trouxe a guerra; para abraçá-lo, se trouxe a paz.

– Nunca Itaquê pediu a paz ao inimigo que trouxe-lhe a guerra, antes de o vencer; nem teria vivido tanto para cometer essa fraqueza. Ele vem trazer-te a vitória para que tu a repartas com seu povo.

O velho herói avançou o passo:

– Chefe dos araguaias, tu levaste a guerra à taba dos tocantins para conquistar Araci, a filha de minha velhice.

“Por teu heroísmo, e ainda mais pela nobreza com que restituíste a liberdade a Pojucã, tu merecias uma esposa do sangue de Tocantim.

“Mas desde que tu ameaçaste tomá-la pela força de teu braço, Itaquê não podia mais conceder-te a filha de sua velhice, senão depois que abatesse teu orgulho.

“Ele preparava-se para te combater, e à tua nação; mas fugiu-lhe dos olhos a luz que dirige a seta da guerra; e não há entre seus guerreiros um que possa brandir o arco do grande Tocantim.”

Quando pronunciou estas palavras, a voz do velho guerreiro soçobrou-lhe no peito:

– O arco de Itaquê é como o gavião que perdeu as asas e não pode mais levar a morte ao inimigo. As andorinhas zombam de suas garras.

“Empunha o arco de Itaquê, chefe dos araguaias, e tu conquistarás por teu heroísmo uma esposa e uma nação.

“À esposa farás mãe de cem guerreiros como Itaquê; e à nação, conservarás a glória que ela conquistou quando o filho de Javari a conduziu à guerra.

“Tupã dará a teu braço esta força para que o sangue de Itaquê brote mais vigoroso e os netos de Tocantim dominem as florestas.”

Ubirajara sorriu:

– Chefe dos tocantins, teus olhos não podem ver o grande arco da nação araguaia; mas pergunta à tua mão se o arco que Camacã brandia invencível e agora empunha Ubirajara, cede ao arco de Itaquê.

O velho herói palpou o arco-chefe dos araguaias e vergou-lhe a ponta ao ombro, como se a haste fosse de taquari.

Ubirajara travou do arco de Itaquê e desdenhando fincá-lo no chão, elevou-o acima da fronte. A flecha ornada de penas de tucano partiu.

O semblante de Itaquê remoçou, ouvindo o zunido que recordava-lhe o tempo de seu vigor. Era assim que ele brandia o arco outrora, quando as luas cresciam aumentando a força de seu braço.

O velho inclinou a fronte para escutar o sibilo de sua flecha que talhava o azul do céu. Os cantores não tinham para ele mais doce harmonia do que essa.

Ubirajara largou o arco de Itaquê para tomar o arco de Camacã. A flecha araguaia também partiu e foi atravessar nos ares a outra que tornava à terra.

As duas setas desceram trespassadas uma pela outra como os braços do guerreiro quando se cruzam ao peito para exprimir a amizade.

Ubirajara apanhou-as no ar:

– Este é o emblema da união. Ubirajara fará a nacão Tocantim tão poderosa como a nação Araguaia. Ambas serão irmãs na glória e formarão uma só, que há de ser a grande nacão de Ubirajara, senhora dos rios, montes e florestas.

O chefe dos chefes ordenou que três guerreiros araguaias e três guerreiros tocantins ligassem com o fio do crautá as hastes dos dois arcos.

Quando o arco de Camacã e o arco de Itaquê não fizeram mais que um, Ubirajara o empunhou na mão possante e mostrou-o às nações

– Abarés, chefes, moacaras e guerreiros de minhas nações, aqui está o arco de Ubirajara, o chefe dos grandes chefes. Suas flechas são gêmeas, como as duas nações, e voam juntas.

Ambas as cordas brandiram a um tempo. A seta araguaia e a seta tocantim partiram de novo como duas águias que par a par remontam às nuvens.

Quando calou-se a pocema do triunfo, Ubirajara caminhou para a filha de Itaquê:

– Araci, estrela do dia, tu pertences a Ubirajara, que te conquistou pela força de seu braço. Agora que é senhor, ele espera a tua vontade.

A formosa virgem rompeu a liga vermelha que lhe cingia a perna e atou-a ao pulso de seu guerreiro.

Ubirajara tomou a esposa aos ombros e levou-a à cabana do casamento.

O jasmineiro semeava de flores perfumadas a rede do amor.

O outro sol rompia, quando os tapuias estenderam pela campina a multidão de seus guerreiros.

Na frente assomava Agniná, a montanha dos guerreiros, ainda mais feroz do que o irmão, o terrível Canicrã.

De um lado e do outro seguiam-se os chefes, cada um à frente de seus guerreiros.

Ubirajara escolheu mil guerreiros araguaias e mil guerreiros tocantins, com que saiu ao encontro dos tapuias.

Depois que desdobrou sua batalha pela campina, o chefe dos chefes caminhou só para o inimigo.

Quando chegava a meio do campo, os tapuias levantaram a pocema de guerra, que atroou os ares, como o estrépito da cachoeira.

Um turbilhão de setas crivou o longo escudo do herói, que ficou semelhante ao grosso tronco de juçara, eriçado de espinhos.

Ubirajara embraçou o escudo na altura do ombro, e com o pé brandiu sete vezes a corda do grande arco gêmeo.

As setas vermelhas e amarelas subiram direitas ao céu e perderam-se nas nuvens.

Quando voltaram, Agniná e os chefes que obedeciam a seu arco, tinham cada um fincado na cabeça o desafio do formidável guerreiro.

Enfurecidos mais pelo insulto do que pela dor, arremessaram-se contra o inimigo que os esperava coberto com seu vasto escudo.

Agniná era o primeiro na corrida e o primeiro na sanha. Após ele vinham os outros a dois e dois, lutando na rapidez.

Quando o esposo de Araci viu que eles se estendiam pela campina, como dois ribeiros que se aproximam para confundir suas águas; o herói empunhou a lança de duas pontas e soltou seu grito de guerra, que era como o bramir do jaguar, senhor da floresta.

Seu pé devorou o espaço; e a lança de duas pontas girou em sua mão, como a serpente que enrosca-se nos ares, silvando.

Caiu Agniná do primeiro bote; após ele caíram aos dois os chefes tapuias, como caem os juncos talhados pelo dente afiado da capivara.

Então o herói soltou seu grito de triunfo, que era como o rugido do vento no deserto

– Eu sou Ubirajara, o senhor da lança, o guerreiro invencível que tem por arma uma serpente.

"Eu sou Ubirajara, o senhor das nações, o chefe dos chefes, que varre a terra, como o vento do deserto."

O herói estendeu a vista pela campina, e não descobriu mais o inimigo, que sumia-se na poeira.

Ubirajara lançou-lhe seus guerreiros, que tinham fome de vingança; porém o terror de sua lança dava asas aos fugitivos.

Desde esse dia nunca mais um tapuia pisou as margens do grande rio.

Ubirajara voltou à cabana, onde o esperava Araci.

A esposa despiu as armas de seu guerreiro, enxugou-lhe o corpo com o macio cotão da monguba, e cobriu-o do bálsamo fragrante da embaíba.

Encheu depois de generoso cauim a taça vermelha feita do coco da sapucaia; e aplacou a sede do combate.

Enquanto nas grandes tabas se preparava a festa do triunfo e o herói repousava na rede, Araci foi ao terreiro e voltou conduzindo Jandira pela mão.

– Jandira é irmã de Araci, tua esposa. Ubirajara é o chefe dos chefes, senhor do arco das duas nações. Ele deve repartir seu amor por elas, como repartiu a sua força.

A virgem araguaia pôs no guerreiro seus olhos de corça.

– Jandira é serva de tua esposa; seu amor a obrigou a querer o que tu queres. Ela ficará em tua cabana para ensinar a tuas filhas como uma virgem araguaia ama seu guerreiro.

Ubirajara cingiu ao peito, com um e outro braço, a esposa e a virgem.

– Araci é a esposa do chefe tocantim; Jandira será esposa do chefe araguaia; ambas serão as mães dos filhos de Ubirajara, o chefe dos chefes, e o senhor das florestas.

As duas nações, dos Araguaias e dos Tocantins, formaram a grande nação dos Ubirajaras, que tomou o nome do herói.

Foi esta poderosa nação que dominou o deserto.

Mais tarde, quando vieram os caramurus, guerreiros do mar, ela campeava ainda nas margens do grande rio.

FIM

Coleção Grandes Mestres da Literatura Brasileira

01 - O Cortiço - Aluísio Azevedo
02 - Memórias de um Sargento de Milícias - Manuel Antônio de Almeida
03 - A Moreninha - Joaquim Manuel de Macedo
04 - Iracema - José de Alencar
05 - Dom Casmurro - Machado de Assis
06 - Recordações do Escrivão Isaías Caminha - Lima Barreto
07 - O Guarani - José de Alencar
08 - Lucíola - José de Alencar
09 - A Mão e a Luva - Machado de Assis
10 - Diva - José de Alencar
11 - Lira Dos Vinte Anos - Álvares de Azevedo
12 - Senhora - José de Alencar
13 - Encarnação - José de Alencar
14 - O Alienista - Machado de Assis
15 - Cinco Minutos e A Viuvinha - José de Alencar
16 - Guerra dos Mascates - José de Alencar
17 - Casa Velha - Machado de Assis
18 - Clara dos Anjos - Lima Barreto
19 - Esaú e Jacó - Machado de Assis
20 - Casa de Pensão - Aluísio Azevedo
21 - Espumas Flutuantes - Castro Alves
22 - Triste Fim de Policarpo Quaresma - Lima Barreto
23 - Ubirajara - José de Alencar

Impressão e acabamento
Oceano Ind. Gráfica (11) 4445-6544